25,1

Bettina Poock

SASCHA

Ein fast perfekter Deal

Roman

BRUNNEN
Verlag Giessen · Basel

MIX
Papier aus verantwortungsvollen Quellen
FSC® C006701

www.brunnen-verlag.de
Lektorat: Eva-Maria Busch
Illustrationen: Carmen Hochmann
Umschlaggestaltung: Sabine Schweda
Satz: DTP Brunnen
Herstellung: CPI – Ebner und Spiegel, Ulm
ISBN 978-3-7655-4153-7

„Warum?“ Saschas fragende Augen waren auf die 13-Jährige gerichtet, die vor ihr stand. Was sie mit ihrem *Warum* genau meinte, konnte sie in diesem Moment selbst nicht sagen. Das Wort stand stellvertretend für ganz viele Fragen, die mit „warum“ begannen: *Warum ich? Warum ist das Leben so ungerecht? Warum fragt mich keiner, was ich will?* Nicht zu vergessen die Frage: *Warum hat Mama bloß bei diesem beknackten Talentwettbewerb mitgemacht …*

„Na, mein Schatz, du gefällst dir heute besonders gut, was?“ Saschas Mutter huschte hinter dem Rücken ihrer Tochter vorbei. Flüchtig wuschelte sie ihr über die blonden Haare und bedachte deren Spiegelbild mit einem Augenzwinkern.

„Quatsch!“, gab das Mädchen gereizt zurück. Sie stand tatsächlich schon eine Weile vor dem Spiegel, aber nicht, um sich so selbstverliebt anzuschauen, wie ihre Mutter es manchmal tat. Eigentlich hatte sie vor lauter Grübeln überhaupt nicht wahrgenommen, wie sie gerade aussah. Energisch wandte sie sich um und sah ihrer Mutter hinterher, die gerade im Badezimmer verschwand.

„Mama, ich will nicht in dieses Internat!“

„Darüber haben wir nun schon hundert Mal gesprochen“, hörte Sascha durch die geschlossene Badezimmertür. „Es ist das Beste für dich, glaub mir.“

„Aber ich ...“ Sascha beendete ihren Satz nicht mehr. Ihre Mutter hatte angefangen, ihre nervigen und lauten Gesangsübungen zu starten, bei denen sie auf- und absteigende Tonfolgen anstimmte. *Sie nimmt mich nicht ernst!*, dachte das Sascha fassungslos. Mehr und mehr spürte sie, wie sich die Wut in ihrem Bauch zu einem riesigen Ballon aufblähte, der sich anfühlte, als würde er jeden Moment platzen. „Mann!“, schrie sie auf, lief zur Badezimmertür und versetzte ihr einen ordentlichen Tritt. Augenblicklich verstummten die Töne und die Tür wurde aufgerissen.

„Junge Dame – Vorsicht!“ Mit erhobenem Zeigefinger und strengem Blick stand Luisa so plötzlich vor ihrer Tochter, dass diese erschrocken zusammenfuhr. „Fang hier nicht an, irgendwelche pubertären Ausbrüche zu bekommen. Ich habe gesagt, es ist besser so – und fertig. Helen wird dich in einer Viertelstunde abholen. Bitte mach dich fertig, damit sie nicht auf dich warten muss.“

Saschas Augen füllten sich mit Tränen. So ein Mist! Das Letzte, was sie jetzt wollte, war zu heulen. Aber sie konnte einfach nicht verstehen, warum sich ihre Mutter nicht die Bohne darum scherte, wie es ihr ging. Das eben mit dem Tritt gegen die Tür – ja, das war doof. Aber das hatte doch nichts damit zu tun, dass sie nun in die Pubertät kam oder schon drin war oder so was. Es war der pure Frust darüber, dass etwas mit ihr passierte, wogegen sie sich nicht wehren konnte. Seit drei Jahren wohnte sie nun mit ihrer Mutter in Berlin. Gerade hatte sie sich so richtig eingelebt, Freunde in der Schule gefunden ... Und nun sollte sie auf dieses blöde Internat. Warum nur? Ihre Zensuren waren gut, meistens jedenfalls. Außerdem war Helen da, die sich um sie kümmerte, wenn die Mutter mal wieder zu irgendeinem Auftritt unterwegs war. Immer und immer wieder hatte sie ihre Mutter gebeten, nicht gehen zu müssen, aber jedes Mal hatte die eine Unmenge von Argumenten aufgezählt, die Sascha völlig unwichtig fand.

Vielleicht mag sie mich nicht mehr, ging es Sascha durch den Kopf. *Bestimmt stehe ich ihrer Karriere im Weg.* Immer wenn sie so etwas dachte, wäre sie am liebsten weggelaufen. Aber wohin? Außerdem wäre sie dazu sowieso nicht mutig genug.

Nur eine Stunde später saß Sascha im Zug. Ihre Mutter war nicht einmal mit zum Bahnhof gekommen und hatte sich zu Hause von ihr verabschiedet. „Terminlich geht es nicht anders", hieß es wichtigtuerisch. Sie hatte dabei geweint und ihre Tochter immer und immer wieder an sich gedrückt. Mindestens hundert Mal – na ja, eigentlich waren es nur drei Mal – hatte sie ihr gesagt, sie solle brav sein und vor allem sehr gut auf sich aufpassen und so was alles.

Sascha hatte gemerkt, wie sie zunehmend genervt auf die Tränen ihrer Mutter reagierte. Das war doch nur Show. Wieso schickt man sein Kind weg, wenn einem die Trennung angeblich so schwerfällt? Und überhaupt: Wie konnte Luisa das einfach so aus heiterem Himmel während der Sommerferien entscheiden? Ihrer Tochter hatte sie erst Bescheid gesagt, als der Platz in dem Internat schon festgemacht war. Toll. Der Rest der Ferien war ab dem Moment total im Eimer. Zweimal waren Mutter und Tochter daraufhin in dieser „Lehranstalt" gewesen, wie es die dortige Rektorin nannte, um alles zu regeln. Es war furchtbar da, fand Sascha. Und außerdem: Internat Hohenach – da steckte der Leidensseufzer ja schon im Namen drin!

Die Einzige, die Sascha zu verstehen schien, war Helen. Sie war mal so etwas wie ihr Kindermädchen gewesen, aber mittlerweile sah Sascha in ihr auch eine Art Freundin. Seit fast genau drei Jahren war Helen nun schon bei Luisa beschäftigt. Anfangs nur stundenweise, aber je mehr die Sangeskarriere voranging, desto mehr brauchte die Mutter jemanden, der ihr den Alltagskram abnahm und sich um ihre Tochter kümmerte. Helen hatte Sascha mal gestanden, dass sie anfänglich nur von dem Gedanken fasziniert war, für einen Star zu arbeiten. Als sie dann aber von Mutter und Tochter unerwartet herzlich aufgenommen worden war, da hatte sie sich im Nachhinein ein bisschen geschämt.

Sascha hatte sich damals fast kaputtgelacht. Ihre Mutter – ein Star? So ein Quatsch! Aber je älter sie wurde, desto mehr Erfahrungen machte sie mit Menschen, die sich unfassbar nervig oder aufdringlich verhielten, wenn sie mitbekamen, dass Saschas Mutter die Sängerin Luisa war. Deswegen wurde auch die Rektorin des Internats, Frau Hasser, gebeten, nichts davon in der Schule verlauten zu lassen. Glücklicherweise war Luisa in der Öffentlichkeit nur unter ihrem Vornamen bekannt. Aber selbst wenn jemand wissen sollte, dass sie weiter „Mai" hieß, machte das nichts. Dieser Nachname kam sicher häufiger vor.

Frau Hasser! *Es gibt auch echt schlimme Namen,* überlegte Sascha. *Hoffentlich ist die nicht so, wie sie heißt.* Spontan lehnte sie sich vor, schaute aus dem Zugfenster und suchte die Umgebung nach Störchen ab. Hier in Brandenburg hatte sie immer mal wieder einen gesehen. Und da man nicht so häufig einen zu Gesicht bekam, freute sie sich über jeden Storch, den sie entdeckte. Leider waren jetzt, Anfang September, die meisten dieser langbeinigen Vögel schon längst wieder unterwegs nach Spanien oder Afrika.

Sie hingegen war auf dem Weg nach nirgendwo. Das hieß, erst einmal brachte der Zug sie in eine kleine Stadt, die ungefähr vier Stunden inklusive Umsteigen von Berlin entfernt war. Bis hierhin würde Helen wenigstens noch mitfahren. Aber dann würde es vermutlich noch einmal richtig bitter werden. Danach würde sie der Internatsbus einladen und zu ihrem … neuen Zuhause? Nein – zum Ort des Leidens bringen! Und wahrscheinlich war die Realität noch viel schlimmer, als sie es sich gerade in den schwärzesten Farben ausmalte.

„Woran denkst du?", hörte sie Helens freundliche, mitfühlende Stimme.

Mit einem Seufzer lehnte sich das Mädchen wieder zurück, strich eine Strähne ihres lockigen Haares hinter das rechte Ohr und zuckte mit den Schultern. „Weiß nicht so genau. Kannst du nicht noch bis zum Internat mitkommen?"

„Ich dachte, du wolltest lieber allein dort ankommen."

Sascha überlegte. „Ja, eigentlich schon. Ich wollte nicht, dass andere denken, man muss mich noch wie ein kleines Kind zur Schule bringen. Aber jetzt habe ich das Gefühl, dass das eine blöde Idee war. Ich will nicht alleine da hinfahren. Ich will überhaupt nicht alleine sein, verstehst du?"

Saschas Blick, der noch herzerweichender war als jeder bittende Hundeblick, versetzte Helen einen Stich. Sie konnte beide so gut verstehen – das Mädchen und seine Mutter. Und gerade deswegen musste sie sehr aufpassen, was sie sagte. „Aber du wirst doch nicht alleine sein", antwortete sie. „Du wirst neue Freunde finden. Vielleicht noch nettere als in Berlin. Ich glaube ja, dass du uns in zwei Wochen schon gar nicht mehr vermisst. Und in den Winterferien wirst du gar nicht mehr nach Hause kommen wollen, weil es im Internat so schön ist." Sie versuchte, so optimistisch wie nur irgend möglich zu klingen.

„Das glaubst du doch selber nicht, oder?"

„Hm", Helen wiegte unschlüssig ihren Kopf, „vielleicht war das jetzt ein winziges bisschen übertrieben. Aber trotzdem hoffe ich es für dich, dass es so sein wird."

„Weißt du was?" Schnell wischte sich Sascha eine vorwitzige Träne aus dem Auge, bevor sie die Wange herunterlaufen konnte. „Ich vermisse es ja nicht oft, dass ich keinen Papa habe. Aber bei so was, da wünschte ich mir, ich könnte einfach auf den Schoß von meinem Papa klettern. Dann würde ich ein bisschen weinen und rumschmollen, und dann würde er Mama das ausreden." Im nächsten Moment brach sie endgültig in Tränen aus. *Gar nichts würde ich schaffen,* dachte sie sich. *Ich habe es ja noch nicht einmal geschafft, dass Papa um meinetwillen bei Mama geblieben ist …* „Das ist alles so unfair. Keiner liebt mich", schluchzte Sascha.

„Sag so was nicht, das ist nicht wahr!"

„Doch, sie will mich loswerden."

„Dafür bräuchte sie dich nicht in ein teures Internat schicken. Ein billiges Kinderheim würde da auch reichen."

Sascha schaute Helen mit ihren tränennassen Augen kritisch an und runzelte die Stirn. „Aber unfair ist es trotzdem, dass ich nicht bei Mama und dir bleiben darf, obwohl ich mir das so sehr wünsche!"

„Pass auf, wir machen einen Deal."

Sascha schniefte laut auf. „Okay, lass hören."

„Ich verspreche dir was", sagte Helen, während sie aus ihrer Jackentasche ein Taschentuch zog und es dem Mädchen reichte. „Du versuchst, einen Monat tapfer im Internat durchzuhalten. Wenn du dann noch der Meinung bist, du hältst es dort nicht aus, dann komme ich und hole dich ab."

„Auch wenn Mama dagegen ist?"

„Ich bin mir sicher, ich kann sie überzeugen."

„Echt? Warum dann erst in einem Monat? Warum nicht gleich?" Sascha hatte sich wieder einigermaßen beruhigt und schnäuzte kräftig in das Taschentuch.

„Aus zwei Gründen: Der eine ist, dass ich die Zeit brauche, um deine Mutter zu überzeugen."

„Und der zweite Grund?"

„Weil ich glaube, es wird dir dort gefallen."

„Nie!", kam der energische Protest.

„Einen Monat. Abgemacht?"

„Zwei Wochen."

Die junge Frau lachte auf. „Hey, wir sind hier nicht auf dem Basar! Also: einen Monat, okay?"

„Hmmm ja … wenn's wirklich sein muss, einen Monat. Und du versprichst ganz fest, dass du dann kommst und mich holst?"

„Versprochen! Ganz fest! Und … willst du noch immer, dass ich dich bis zum Internat begleite?"

Nachdenklich verdrehte Sascha ihre Augen. „Nein. Ich glaube, ich kriege das jetzt doch alleine hin."

Es war bereits Nachmittag, als der Zug den Bahnhof erreichte, wo Helen und Sascha aussteigen mussten.

„Sind wir hier richtig?", fragte das Mädchen skeptisch.

„Ja. Wieso fragst du?"

„Nur so. Mit Mama bin ich die beiden Male ja mit dem Auto hingefahren. Deswegen kenne ich den Bahnhof nicht. Ganz schön winzig, nicht?"

Helen lachte. „Meinst du nicht auch, dass ein Hauptbahnhof wie der in Berlin für dieses kleine Städtchen etwas zu groß geraten wäre?"

Sascha zuckte mit den Schultern. Im Grunde war es ihr recht, dass ihr der Bahnhof nicht gefiel. Das war ein guter Einstieg in den vor ihr liegenden Monat, in dem ihr auch sonst nichts gefallen würde. Die Zeit würde schon rumgehen …

„Wir haben noch eine halbe Stunde, bis der Shuttlebus vom Internat kommt. Wollen wir mal auf dem Vorplatz schauen, ob wir Eis oder ein Stück Kuchen kriegen können?"

„Lieber ein Eis", meinte Sascha. Gerade wollte sie losgehen, als sie ein lautes Scheppern hörte. Ein Mann musste auf dem Bahnsteig einen Abfalleimer aus Stahl übersehen und umgeworfen haben. Für eine Sekunde konnte sie sehen, wie der Mann, der ins Straucheln geraten war, sich wieder fing und schnell wegdrehte. Dann ging er so unauffällig wie möglich in Richtung Ausgang davon.

„Der hätte den Eimer ja wenigstens wieder richtig hinstellen können."

„Ich nehme Vanille und Erdbeere. Und du?", fragte Helen völlig unbeeindruckt.

„Och … hm … ich glaube, ich nehme nur Schoko."

„Also wie immer."

„Wie immer", bestätigte Sascha.

Innerhalb kürzester Zeit hatten sie einen Eisstand ausfindig gemacht und je zwei Kugeln bestellt. Nun saßen sie in der warmen Nachmittagssonne auf dem Bahnhofsvorplatz und aßen genüsslich die Reste der knusprigen Waffeltüten auf. Noch fünf Minuten, dann würde der Internatsbus vorgefahren kommen, wenn er pünktlich war. Sascha ließ ihren Blick immer mal wieder hinüberwandern zu einigen Jungen und Mädchen in ihrem Alter, die auf der anderen Seite des Platzes saßen. Ob irgendwer von denen mit einsteigen würde? Vielleicht waren das ja ihre zukünftigen Klassenkameraden. Koffer hatten sie zwar keine dabei, aber das musste ja nichts heißen. Auch Luisa hatte fast alles, was ihre Tochter brauchen würde, vorausgeschickt. So war Sascha nur mit einem leichten Rucksack unterwegs.

Plötzlich hörte man das charakteristische Tuckern eines Dieselmotors. Langsam bog ein kleiner Bus um die Ecke und kam vor dem Platz zum Stehen. Links auf der Frontscheibe war ein großes Schild befestigt: „Hohenach" stand dort.

„Das ist er wohl", meinte Helen und streichelte Sascha halb Mut machend, halb tröstend über den Rücken. „Kann ich noch irgendwas für dich tun?"

Sie schüttelte nur stumm den Kopf und schnappte sich ihren Rucksack. Gemeinsam schlenderten sie zum Bus hinüber.

„Frau Mai?", rief der Busfahrer, der auf seinem Fahrersitz saß, durch die offene Eingangstür.

„Wo?“, fragte Sascha und drehte sich für einen kurzen Augenblick suchend um. „Ach so, ja, äh … Sascha Mai – das bin ich.“ Zu Helen gewandt flüsterte sie: „Wieso sagt der *Frau* zu mir?“

„Wahrscheinlich möchte er höflich sein. Das ist doch nett“, kam die ebenfalls geflüsterte Antwort. *Das ist nicht nett, sondern dämlich,* fand Sascha.

„Du hast dein Handy dabei, nicht wahr?“

Sascha nickte. „Ja, ich weiß, ich soll gleich anrufen, wenn ich angekommen bin.“ Mit einem schnellen Griff zog sie das Telefon aus der Seitentasche des Rucksacks, um sich noch mal zu vergewissern, dass sie es nicht verloren hatte.

„Lass dich noch mal drücken“, meinte Helen und umarmte Sascha ganz fest. Am liebsten hätte sie ihr jetzt gesagt, dass sie sie vermissen würde … und dass sie gut auf sich aufpassen sollte und …

„Ich will ja nicht drängeln, aber ich würde jetzt gerne losfahren“, hörten sie den Busfahrer in einem schon nicht mehr ganz so höflichen Ton sagen.

„Schon gut“, meinte Helen beschwichtigend und schaute in den Fahrgastraum. Während sie sich umarmt hatten, musste ein Jugendlicher an ihnen vorbei eingestiegen sein. Alle übrigen Sitze waren leer. „Sie sind doch noch gar nicht voll.“

„Der Bus fährt auch mit drei Personen an Bord.“

Helen wusste nicht, ob dieser Kommentar witzig oder ironisch gemeint war, sodass sie sich eine Antwort sparte. Stattdessen schob sie Sascha liebevoll durch die Tür, beobachtete, wie sie durch den Innenraum ging und sich auf die letzte Bank setzte. Die Türen schlossen sich, und noch während der Bus anfuhr, begann Sascha zu winken – so lange, bis der Shuttlebus um die Ecke bog.

Einen kurzen Moment blieb die junge Frau noch bewegungslos stehen. Ob es wirklich richtig gewesen war, dass sie Sascha nichts gesagt hatten? Wer wusste das schon? Unwillkürlich seufzte sie.

2

Knapp eine halbe Stunde dauerte die Fahrt mit dem Bus. Auch nachdem Sascha Helen nicht mehr zuwinken konnte, blieb sie auf der Rückbank sitzen. Der andere Passagier war ein Junge, der so um die siebzehn Jahre alt sein mochte. Das war nicht unbedingt das Alter, das Sascha bei männlichen Jugendlichen geheuer war. Außerdem hatte er sich sofort die Stöpsel von seinem MP3-Player in die Ohren gesteckt und hörte nun in einer so abartigen Lautstärke seine Techno-Musik, dass Sascha selbst aus einiger Distanz Beat für Beat mitverfolgen konnte. Ein Gespräch mit einem Gleichgesinnten war also definitiv nicht drin.

Zuerst war der Bus über ein paar Landstraßen durch zwei, drei kleinere Ortschaften gefahren. Dann jedoch waren links und rechts fast nur noch Felder zu sehen, so weit das Auge reichte. Schließlich ging es etwas bergauf durch ein Waldstück. Dann lichtete sich der Wald, und auf einer sehr, sehr großen Lichtung lag es: das Internat Hohenach.

Als Sascha das erste Mal mit ihrer Mutter hierhergefahren war, hatte es sie schon ein wenig beeindruckt, als sich plötzlich der dichte Wald vor ihnen teilte und den Blick freigab – auf das große Gebäude mit seinem vielen Stuck und einem drollig bauchigen Dach auf dem Uhrenturm. Luisa hatte den Baustil mit einem schwärmerischen Seufzen „Barock" genannt. Offenbar konnte sie sich besonders dafür begeistern. Die Außenmauern des Gebäudes, das für Sascha aussah wie ein Mittelding zwischen Schloss und Burg, erstrahlten in hellstem Weiß und Sonnengelb. Damals hatte die Mittagssonne das Bauwerk so zum Leuchten gebracht, dass man es nur ansehen konnte, wenn man ein bisschen die Augen zukniff oder eine Sonnenbrille aufsetzte.

„Das hier war einmal ein Kloster", hatte ihnen Frau Hasser erklärt. „Aufgrund von Nachwuchsproblemen musste die Kirche dieses Anwesen jedoch aufgeben."

„Nachwuchsprobleme?", hatte Sascha interessiert gefragt und gar nicht begriffen, warum ihre Mutter plötzlich kicherte.

Die Rektorin hatte jedoch geantwortet, ohne eine Spur von Belustigung zu zeigen: „Die alten Mönche sind gestorben und neue sind nicht dazugekommen. Das Kloster war ziemlich … sagen wir … sanierungsbedürftig. Also haben wir es zu einem guten Preis erstehen können und es so umgebaut und ausgestattet, dass es über allen Komfort verfügt. Außerdem ist es technisch auf dem neusten Stand, einschließlich WLAN in allen Räumen, Medienwerkstatt, diverse Labore und so weiter. Auch die Zimmer haben durchaus Hotelqualität. Im Großen und Ganzen sind wir schon ein wenig stolz auf unser Internat, wenn ich das so sagen darf."

Ja, man hatte es Frau Hasser deutlich angemerkt, dass sie nicht nur *ein wenig* stolz war. Und vielleicht hätte sich Sascha hier auf Hohenach sogar wohlfühlen können, wenn sie nur freiwillig gekommen wäre.

Langsam fuhr der Bus am Haupteingang vor. Die Rektorin stand schon zum Empfang bereit – es wurde ernst!

Der Jugendliche, der mit Sascha zusammen im Bus gesessen hatte, erhob sich gemächlich von seinem Sitz, griff nach seiner Tasche und schlurfte lustlos ins Freie. Frau Hasser meinte er mit einer lässigen Handbewegung grüßen zu können – natürlich ohne dabei die Stöpsel aus den Ohren zu nehmen. Da winkte sie ihn gleich zu sich heran und machte ihm klar, wie man sie ordentlich zu begrüßen hatte. Widerwillig fügte sich der Gemaßregelte. Dann wurde er gnädig entlassen und verschwand grinsend um die Ecke.

Ganz schön streng hier, fuhr es Sascha durch den Kopf. Nach einer eher knappen und förmlichen Begrüßung bat Frau Hasser das Mädchen, ihr ins Haus zu folgen. Erneut bestaunte sie die großen, schweren Türen aus dunklem Holz und die gewaltige Eingangshalle mit einer großen Freitreppe. Besonders imposant waren für sie jedoch die hohen Decken in den Fluren und Räumen, die zum Teil üppig mit Stuck oder Malereien verziert waren.

„Das war hier echt mal ein Kloster?“, fragte Sascha, als sie das beeindruckend große Zimmer der Rektorin betraten. „Ich dachte immer, die Menschen, die im Kloster leben, haben gar nicht viel Geld. Warum können oder konnten die sich dann so ein irres Gebäude bauen?“

Die Dielen auf dem Zimmerboden knarrten ganz leise bei jedem Schritt.

„Die Mönche selbst haben in der Regel auch kein Eigentum“, erklärte Frau Hasser. „Aber manchmal hat die Kirche prächtige Gebäude errichtet, um die Menschen immer wieder daran zu erinnern, wie schön es in der Gegenwart Gottes ist.“

„Wussten die Mönche das denn damals nicht?“, fragte Sascha.

„Doch, theoretisch schon. Aber Menschen – und auch Klosterbrüder sind Menschen – vergessen das manchmal. Und dann braucht man eben eine Gedankenstütze.“

„Also, bei mir hilft manchmal schon ein Knoten im Taschentuch. Ist auch viel billiger, als sich so viel Stuck und Malereien an die Wand zu machen …“, meinte Sascha nüchtern. Die Rektorin schien gerade ein Lächeln unterdrücken zu wollen, als es an der Tür zu ihrem Büro klopfte.

„Ja, bitte“, sagte sie, aber im selben Moment wurde auch schon geöffnet. Ein Mann mittleren Alters mit leicht wirren dunklen Haaren blickte durch den Spalt.

„Da bin ich!“

„Sie kommen gerade recht“, war ihre Antwort. „Herr Röbler, nicht wahr?“

„Ja, genau.“ Geschwind schlüpfte er ins Zimmer, schloss

die Tür wieder und durchquerte zügig den Raum, bis er vor der Rektorin und dem Mädchen stand.

„Schön, dass Sie da sind. Ich hatte Sie eigentlich schon gestern erwartet." Selbstbewusst streckte Frau Hasser ihm die Hand entgegen, die der Mann umgehend ergriff.

„Es gab kleine organisatorische Probleme, verstehen Sie?"

„Nein, aber das können Sie mir bei Gelegenheit ruhig noch einmal genauer erklären."

Ungerührt von dieser nicht gerade warmherzigen Begrüßung wandte sich Herr Röbler Sascha zu. „Entschuldige, dass ich hier einfach so hereingeplatzt bin. Ich bin neu hier – so wie du. Mein Name ist Bernd Röbler und ich bin nun Springer bei Frau Hasser. Also, nicht direkt bei ihr, sondern im Lehrerkollegium. Und du bist …?"

„Sascha. Sascha Mai. Sie sind Springer?", fragte sie.

Der Mann lächelte: „Ja, ich springe ein. Und zwar immer dann, wenn ein Lehrer krank ist, damit kein Unterricht ausfallen muss."

„Und was unterrichten Sie?"

„Sport und … Religion."

Frau Hasser legte den Kopf fragend schief, sagte aber nichts.

„Ich geh dann mal wieder. Meine ganzen Sachen aus dem Auto holen und so. Wir sehen uns." Mit einem kurzen Winken eilte er wieder hinaus. Die Schulleiterin setzte sich auf ihren Schreibtischstuhl und bot Sascha einen bequemen Stuhl vor ihrem Schreibtisch an.

„Sie haben ja jetzt doch einen Religionslehrer!"

„Sieht so aus", murmelte die Rektorin.

„Prima! Mama hat mir gesagt, dass ich deswegen keinen

Religionsunterricht bekommen kann, weil Sie keinen Lehrer dafür haben. Aber nun geht das ja doch!“

„Also, ich möchte deiner Mutter nicht in den Rücken fallen, aber mit Herrn Röbler haben wir jetzt sogar zwei Religionslehrer. Daran liegt es nicht, dass du bei dem Unterricht nicht mitmachen kannst.“

„Sondern?“

„Deine Mutter hat mir gegenüber ausdrücklich darauf bestanden, dass du dem Religionsunterricht fernzubleiben hast.“

„O nein, nicht schon wieder.“ Sascha sackte frustriert auf den ihr angebotenen Stuhl. „Das durfte ich in Berlin auch schon nicht. Aber wenn ich doch mitmachen will?“

„Uneingeschränkt religionsmündig wirst du erst in einem knappen Jahr. So lange werde ich den Willen deiner Mutter offiziell respektieren.“

„Verstehe“, murmelte Sascha. „Wer ist denn der andere Religionslehrer?“

„Frau Schuster.“

„Aha.“

„So, und nun zeige ich dir deine Unterkunft und stelle dir deine neue Zimmergenossin vor. Komm mit.“

Das Büro der Rektorin lag im ersten der insgesamt drei Stockwerke des Hauses. Frau Hasser erklärte Sascha, dass es auf diesem Flur hauptsächlich diverse Aufenthalts- und Verwaltungsräume gab. Allerdings befanden sich dort auch ein paar vereinzelte Wohnräume. Zum Teil waren hier ein paar Lehrer untergebracht, die keine Familien hatten und gerne im Internat wohnten. Aber es wurden hier auch die Schüler einquartiert, für die es im zweiten Obergeschoss bei den Mädchen oder im dritten bei den Jungs keinen Platz mehr gab.

Sascha konnte sich gut vorstellen, dass die Schülerwohnungen in der ersten Etage nicht sonderlich beliebt waren. Dort stand man automatisch viel mehr unter Beobachtung. Außerdem kriegte man bestimmt fast nie etwas davon mit, wenn in den beiden oberen Etagen etwas Lustiges oder Aufregendes passierte.

Als hätte sie es geahnt, lag die Tür, auf die Frau Hasser zusteuerte, ausgerechnet im ersten Stock. „Hier ist dein Zimmer. Du wirst es mit einer anderen Schülerin aus deiner Klasse teilen."

Na super, dachte Sascha. *Aber warum nicht? Ist ja nur vorübergehend.*

„Und links daneben ist eine kleine Teeküche. Falls du dir abends mal einen Tee aufbrühen möchtest oder so was, dann kannst du das hier machen. Wasserkocher oder Tauchsieder auf den Zimmern habe ich nicht so gerne."

Sascha nickte. „Und was ist hier drin?" Mit ihrem Zeigefinger wies sie auf die Tür rechts neben ihrer Unterkunft.

„Da wohnt Frau Schuster."

Sascha blickte die Schulleiterin fragend an. „Echt?"

„Ja. Schon seit vier Jahren. Ich glaube, das spricht für dieses Internat, denn offenbar fühlt sie sich wohl."

Sascha nickte erneut. Na so was, da wohnte ausgerechnet die Religionslehrerin gleich nebenan. Was für ein Zufall. Nun konnte sie nur noch hoffen, dass Frau Schuster nett war.

Ein freundlich klingender, aus einer Folge von drei sanften Tönen bestehender Gong ertönte. Ein bisschen erinnerte er an eine Achtung-hier-kommt-eine-Durchsage-Melodie, wie Sascha sie schon mal auf einem Flughafen gehört hatte.

„Was ist das?“

„Das Signal für das Ende des Unterrichts.“

Sie schaute auf ihre Armbanduhr. Sechzehn Uhr.

„Heute, am ersten Tag nach den großen Ferien, findet noch kein regulärer Unterricht statt. Deswegen war das auch in Ordnung, dass du heute erst gekommen bist. Ab morgen geht es dann richtig los mit dem Lehrstoff … Ach, schau mal, da kommt auch schon Marianne.“

Ein ebenfalls dreizehn Jahre altes Mädchen, gekleidet mit einer weißen Bluse, einem dunkelgrün-grau karierten Wollrock und schwarzen Ballerinas kam zügig auf die beiden zu. Bei jedem ihrer energischen Schritte wippten die Spitzen ihrer kinnlangen rotbraunen Haare ganz lustig. Eine Armlänge entfernt blieb Marianne zackig vor ihnen stehen.

„Guten Tag, Frau Hasser“, sagte sie, streckte der Rektorin die Hand entgegen und knickste, als diese sie ergriff.

„Hallo, Marianne. Geht es dir gut?“

„Ja, sehr gut“, strahlte sie. Ebenso streckte Marianne ihrer neuen Zimmergenossin die Hand hin. „Guten Tag.“

Eigentlich war es Sascha nicht unbedingt gewöhnt, dass sie Gleichaltrige mit Händeschütteln begrüßte, aber … na ja, warum nicht? „Hallo“, entgegnete sie.

„Marianne, das ist Sascha, deine neue Zimmergefährtin. Wärst du bitte so nett und erklärst ihr alles, was sie über dieses Haus und den Schulalltag wissen möchte?“

Marianne nickte eifrig. „Natürlich.“

„Ich lasse euch zwei jetzt allein. Wenn du noch weitere Fragen oder Sorgen haben solltest, dann kannst du gerne zu mir kommen.“

„Ja, danke“, entgegnete Sascha und blickte Frau Hasser hinterher, wie sie den Gang hinunterlief.

Mit vielen Worten und überschwänglichen Gesten bat Marianne ihre neue Mitbewohnerin in ihr gemeinsames Zimmer. Es war tatsächlich sehr modern eingerichtet. Außerdem gab es nicht die von Sascha befürchtete Etagendusche für alle, sondern stattdessen ein kleines, helles Badezimmer, das sich nur die beiden Mädchen teilen brauchten. Und während die eine sich jeden Winkel des Raumes genau anguckte, konnte die andere, Marianne, offensichtlich nicht mehr aufhören zu reden. Das war ja eigentlich nicht schlimm, wenn jemand mitteilungsbedürftig war. Aber wenn solche Sätze fielen wie „Ich bin sehr froh, in einem Internat sein zu dürfen, das uns zu lebenstüchtigen und verantwortungsbewussten Persönlichkeiten erziehen will“ oder „Hier ist alles so wunderbar von Fairness, Ehrlichkeit und gegenseitiger Achtung geprägt“, dann musste sich Sascha sehr beherrschen, um ihre Zimmergenossin nicht wie ein Wesen aus einer anderen Welt anzustarren. *Du meine Güte, welche normale Dreizehnjährige redet denn so?*

„Abendessen findet um 18 Uhr in dem großen Speisesaal statt. Danach gibt es diverse Freizeit- oder Förderangebote, die an dem Schwarzen Brett neben dem Zimmer von Frau Hasser angeschlagen sind. Spätestens um 21 Uhr müssen alle aus unserer Altersgruppe im Bett liegen. Sonst noch Fragen?“, beendete Marianne ihren Vortrag.

Sascha schüttelte sprachlos den Kopf.

„Gut, dann gehe ich jetzt zum Training der Mädchen-Schwimmstaffel. Bist du eine gute Schwimmerin? Wir können jedes Talent gebrauchen."

„Ich habe das Seepferdchen gemacht, reicht das?"

Für einen Moment verharrte Marianne regungslos. Sie schien zu überlegen, wie sie reagieren sollte. Dann lachte sie: „Ich sehe schon, wir werden richtig gute Freundinnen werden!" Mit ihrer Sporttasche unter dem Arm verschwand sie aus dem Zimmer.

Sascha atmete tief durch. Sie nahm ihr Handy aus dem Rucksack und wählte die Nummer ihrer Mutter. Während das Freizeichen ertönte, stellte sie sich ans Fenster und sah beiläufig hinaus. Von ihrem Fenster aus konnte sie den Waldrand sehen. Davor lag ein großes Stück Wiese, über das gerade ein Mann lief. In dem Moment, als er an der Fassade emporschaute, hatte Sascha für einen winzigen Augenblick das Gefühl, dass ihr irgendetwas komisch vorkam. Doch dann hörte sie die Stimme ihrer Mutter und ihre Aufmerksamkeit war völlig in Beschlag genommen.

Ausführlich berichtete sie der Mutter von ihren ersten Eindrücken. Nicht ohne alles noch ein bisschen schwärzer zu malen, als es ihr sowieso schon vorkam. Nach zwanzig Minuten beendeten sie das Gespräch. Sascha sah auf ihre Uhr. Noch eineinhalb Stunden bis zum Abendessen. Jetzt würde sie erst einmal ihren Koffer auspacken, dann würde bestimmt noch genug Zeit übrig bleiben, um sich ein bisschen im Haus umzusehen.

Abends, Punkt 21 Uhr, lag Sascha in ihrem Bett. Marianne hatte darauf bestanden, dass das Licht auch nicht eine Sekunde später gelöscht wurde. Nun lag sie auf ihrem Rücken, starrte in die Dunkelheit und hörte auf all die fremden Geräusche. Hier ein Knacken, da ein Rauschen und dort – das Schnarchen ihrer Zimmergenossin. Sascha atmete frustriert aus. *Auch das noch!*

Das war ein wirklich ereignisreicher Tag gewesen. Aber das Wichtigste: Er war vorbei! Nun musste sie nur noch einen Monat minus einen Tag aushalten …

Einzelne Bilder zogen vor ihren inneren Augen vorbei. Der Abschied heute Morgen, ihre Wut, die Zugfahrt mit Helen, der piefige Bahnhof, der Empfang von Frau Hasser, die kurze Begegnung mit Herrn Röbler, Mariannes Gesten, wenn sie etwas neunmalklug erklärte, der volle Speisesaal mit all den fremden Menschen, in dem sie zu Abend gegessen hatte – alles kam ihr bruchstückhaft in den Sinn. Herr Röbler tauchte dabei eigenartigerweise mehrmals auf.

Sascha grübelte. Ich bin neu hier – so wie du, hörte sie in ihrer Erinnerung den Springer-Lehrer sagen. Hm, komisch. Wenn er vorher noch nicht hier war und tatsächlich gerade angekommen war, wieso wusste er dann sofort, dass sie auch neu in diesem Internat war? Egal, dafür gab es bestimmt eine Erklärung. Müde drehte Sascha sich um und schlief ein.

Ein schriller, unerträglicher Dauerton riss Sascha abrupt aus dem Schlaf. Im Bruchteil einer Sekunde saß sie senkrecht im Bett und sah sich völlig orientierungslos um. *Wo bin ich? Was ist das? Eine Sirene? Brennt es hier irgendwo?*

Das Nächste, was sie aus den Augenwinkeln wahrnahm, war der träge Arm ihrer Zimmergenossin, der sich im Zeitlupentempo auf einen kleinen Kasten niedersenkte. Sobald Marianne dieses Gerät berührt hatte, verstummte der widerliche Ton. Sascha blickte auf ihren eigenen Wecker, der auf dem Nachttisch stand. Sechs Uhr.

„Guten Morgen“, rief sie müde zu Marianne hinüber, die wieder völlig regungslos dalag.

„Mmmmm.“

„Ist Frühstück nicht erst in einer Stunde?“

„Mmmmm.“

„Und du willst wirklich jetzt schon aufstehen?“

„Mmmmm.“

War das jetzt Zustimmung oder was? Sascha zuckte die Schultern und legte sich wieder hin. Ihr Wecker würde in einer halben Stunde piepsen – *sanft* piepsen, wohlgemerkt! Das reichte völlig, um sich zu waschen, anzuziehen und für das Frühstück fertig zu sein. Erneut kuschelte sie sich in ihre warme Decke ein. Ihr Herz schlug noch immer heftig von dem Schreck, trotzdem machte sie die Augen zu und … wurde erneut unsanft aus dem Halbschlaf gerissen. Als ob irgendwer bei Marianne einen unsichtbaren Schalter umgelegt hätte, war sie aus dem Bett gesprungen und rief energiegeladen zu Sascha hinüber: „Was ist? Möchtest du mitlaufen?“

„Was möchte ich?“ Sascha spürte, dass sie jetzt gerne ärgerlich geworden wäre, aber einfach noch zu müde dazu war.

„Wir sind eine Gruppe von zwölf Mädchen und Jungen, die vor dem Frühstück immer noch eine Runde joggen geht. Kommst du mit?“

„Nee, lass mal.“

„Ein bisschen solltest du dich aber schon bewegen. Sport ist wichtig“, rief Marianne und verschwand im Bad.

„Und *ich* erkläre dir nachher, was für *dein Überleben* wichtig ist“, murmelte Sascha leise vor sich hin. War denn wirklich alles furchtbar hier in diesem Internat?

Natürlich konnte Sascha nicht wieder einschlafen. Obwohl es äußerlich sofort ruhig wurde, als die Sportbegeisterte aus dem Zimmer getrabt war, überfiel sie nun ein wuselnder Schwarm von entmutigenden Gedanken: *Heute ist mein erster richtiger Schultag hier. Was für Mitschüler werde ich wohl in der Klasse haben? Bestimmt kennen alle anderen sich schon seit der ersten Klasse und sind nun eine eingeschworene Gemeinschaft, in die ich nicht hineinkomme. Vielleicht sind die auch viel klüger als ich. Dann werden sie sich ständig über mich lustig machen …*

Sascha seufzte. Sie wollte ja gar nicht die beliebteste Schülerin aller Zeiten werden. Alles, was sie sich im Moment wünschte, war, dass sie ein einziges Mädchen in ihrer

Klasse fand, mit dem sie sich ein wenig anfreunden konnte. Dann würde sie den restlichen Monat noch einigermaßen gut rumkriegen.

Nach dem Frühstück hatte sich Sascha noch einmal bei Frau Hasser eingefunden. Sie wollte die neue Schülerin zu ihrer Klasse bringen und den anderen vorstellen.

„Bist du sehr aufgeregt?", fragte die Rektorin. Vor ungefähr einer Minute hatte der Unterrichts-Gong die Flure schlagartig leer gefegt. Gemeinsam gingen die beiden über die große Freitreppe ins Erdgeschoss hinunter, wo die Klassenzimmer und Arbeitsräume lagen.

Sascha nickte.

„Ich verstehe das, aber ich denke, dass du dich bald wohlfühlen wirst in deiner Klasse. Insbesondere deine Klassenlehrerin ist sehr nett und hat jederzeit ein offenes Ohr für ihre Schüler. Gleich wirst du sie kennenlernen."

„Wie heißt denn meine neue Klassenlehrerin?"

„Frau Schuster."

„Wer? Frau Schuster? Etwa *die* Frau Schuster?"

„Ja, die Religionslehrerin."

Hatte Frau Hasser da eben ein Augenzwinkern angedeutet? Hm, nein, wahrscheinlich hatte sich Sascha nur verguckt. Trotzdem fragte sie vorsichtig: „Echt? Ich dachte, bei der darf ich keinen Unterricht haben. Also, wegen meiner Mutter und so …"

„Frau Schuster ist nicht nur Lehrerin für Religion, sondern auch für Deutsch. Und als Deutschlehrerin darf sie dich ganz problemlos unterrichten und deine Klassenlehrerin sein."

„Ach so."

Frau Hasser war abrupt vor einer Tür stehen geblieben. Von drinnen hörte man leise ein paar Stimmen. Da die Rektorin keine Anstalten machte, die Tür sofort zu öffnen, sondern scheinbar erst einmal horchen wollte, was da drinnen los war, traute sich auch Sascha, ganz ungeniert zu lauschen.

„… wird sicherlich gleich hier erscheinen. Jeder von euch war einmal neu in unserem Internat. Denkt an euren ersten Tag, wie dankbar ihr damals für jedes gute Wort gewesen seid, und behandelt Sascha dann entsprechend." Saschas Herz klopfte noch ein wenig schneller. Das musste die Stimme von Frau Schuster sein, die sie da hörte. „Wer von euch möchte denn neben unserem Neuling sitzen?"

„Ich, ich!", tönte eine Jungenstimme.

„Du, Paul?"

„Klaro!"

„Schön, dann setz dich hierhin."

Frau Hasser blickte Sascha fragend an. Als diese nickte, klopfte die Rektorin an die Tür.

„Ja", erklang die Aufforderung.

Frau Hasser öffnete die Tür und schob ihren Schützling sanft in den Raum hinein.

Sascha wanderte mit ihren Augen einmal von links nach rechts durch den Klassenraum und streifte jedes Gesicht dabei. Dort vorne saß Marianne und lächelte ihr zu. In dem Moment hatte sie das spontane Gefühl, Marianne irgendwie sehr gerne zu haben. Die Lehrerin stand in der Mitte des Raumes und lächelte ebenfalls. Eigentlich lächelten alle Sascha sehr freundlich an – bis auf einen Jungen.

Er stand neben der Lehrerin, sein Schreibmäppchen und ein Schulheft in der Hand, und starrte Sascha entgeistert an.

„Was ist das denn?", fragte der Junge.

„Das ist Sascha", meinte Frau Hasser, „eure neue Mitschülerin."

„Schülerin? Wieso Schülerin?", wollte der Verdutzte wissen. „Sascha ist doch ein Name für einen Jungen. Wieso ist das da ein Mädchen?"

„Ja, ja, vom Regen in die Traufe", hörte Sascha ein dunkelhaariges Mädchen ironisch flöten. Der leere Stuhl neben ihr und das begeisterte „Ich, ich!"-Rufen, das vorhin durch die Tür zu hören gewesen war, ließen vermuten, dass der Junge bis eben neben diesem Mädchen gesessen hatte. Er hatte wohl gehofft, der Neuling wäre ein Junge, neben dem er offenbar viel lieber gesessen hätte.

Sascha spürte, was für ein Unbehagen dieses Missverständnis in ihr auslöste. Sie konnte doch nichts dafür, dass sie hieß, wie sie hieß. Am liebsten hätte sie gefragt, ob sie sich nicht zu dieser Dunkelhaarigen da setzen könnte. Da war ja jetzt schließlich auch ein Platz frei. Aber den Triumph, sie verschreckt zu haben, wollte sie dem Jungen nun auch wieder nicht gönnen.

„Das ist Paul", meinte die Lehrerin. „Er freut sich, kann es aber so schwer zeigen." Sie lächelte zu ihm hinüber, ohne dass ihr Lächeln erwidert wurde.

„Ich bin Frau Schuster", stellte sie sich vor.

„Hallo." Das Mädchen ergriff die ausgestreckte Hand. „Ich bin Sascha. Aber das wissen Sie ja schon."

„Ja, das weiß ich. Schön, dass du hier bist."

Die Klasse, der Sascha zugewiesen worden war, bestand aus sechs Jungen und neun Mädchen – beziehungsweise ab sofort aus zehn Mädchen. Sechzehn Schüler insgesamt. Wahrscheinlich war es fürs Lernen sinnvoll, dass die Klasse so klein war, Sascha jedoch empfand das als unangenehm. Ihre Klasse in Berlin war beinahe doppelt so groß gewesen. Da konnte man auch mal unaufmerksam sein oder

der Tischnachbarin etwas ins Ohr flüstern, ohne dass die Lehrer das bemerkten. Hier würde es sicher anders laufen. Vermutlich kam sie nicht drum herum, ordentlich zu lernen, wenn sie nicht negativ auffallen wollte. Wie anstrengend!

Um zwölf Uhr war es so weit: eine Stunde Mittagspause. Sascha atmete erleichtert auf. Den ersten Vormittag in ihrer neuen Klasse hätte sie schon mal geschafft. Und tatsächlich waren die Mädchen auch sofort gewillt, sie in ihren Mittagskreis aufzunehmen. Der zeichnete sich insbesondere dadurch aus, dass alle am gleichen Tisch saßen, gemeinsam aßen und noch mehr gemeinsam tratschten. Wer oder was heute ihr Hauptgesprächsthema sein würde, stand natürlich sofort fest.

Fast die komplette Stunde, die die Pause dauerte, saßen die Mädchen an ihrem Tisch im Speisesaal. Sie hatten zwar recht schnell aufgegessen, aber sie waren noch lange nicht fertig mit all ihren Fragen, die sie der neuen Klassenkameradin unbedingt stellen mussten: Woher kam sie? Wie viele Geschwister hatte sie? Wieso war sie ausgerechnet hier in Hohenach gelandet? Was war ihr Lieblingstier? Hatte sie schon einen Freund? Welche Musik fand sie cool?

Sascha empfand es erstaunlicherweise als ganz angenehm, dass die anderen so viel über sie wissen wollten. Dadurch stand sie ein bisschen im Mittelpunkt. Dass es in ihrem Leben nur eine Mutter gab, bei der sie aufwuchs, hatte sie ohne große Probleme erzählen können. In ihrer letzten Klasse gab es genug Kinder, die auch ohne Vater aufwuchsen; das war nichts Außergewöhnliches. Aber so manch eine Antwort auf die vielen Fragen fiel ihr gar nicht so leicht. Was sollte sie nur sagen, als sie gefragt wurde, welchen Beruf ihre Mutter hatte? Spontan hatte sie „Verkäuferin“ gesagt. Na ja, in gewisser Weise verkaufte sie ja schließlich ihre eigene Musik, versuchte Sascha diese nicht ganz korrekte Antwort vor sich selber zu rechtfertigen.

„Was, deine Mutter ist Verkäuferin und kann es sich leisten, dich in so eine Nobelhütte zu schicken?“

Während Sascha noch erschrocken und fieberhaft nach einer klugen Antwort suchte, fingen schon die ersten Mädchen an zu spekulieren, was die Mutter wohl verkaufte. Teuren Schmuck? Designerklamotten? Luxus-Appartements und Villen? Oder gar Erdöl? Limousinen? Rennpferde? Champagner? Kaviar? Die Vorschläge kamen in immer kürzeren Abständen. Irgendwann machte ihnen das Raten so viel Spaß, dass sie schon gar nicht mehr auf eine Antwort warteten. Sascha schwieg dazu und nahm es dankbar zur Kenntnis, als der Gong das Ende der Mittagspause verkündete.

Zurück im Klassenraum, sah sich Sascha vorsichtig um. Noch einmal wollte sie sich die Namen der Mädchen, die sie in der Pause kennengelernt hatte, in Erinnerung rufen. Um sie nicht so schnell wieder zu vergessen, versuchte sie, dabei eine besondere Eigenart mit den Namen zu verknüpfen.

Marianne war ihre Zimmergenossin. Das hatte sie abgespeichert. Kein Problem.

Julia war ein sehr großes und stabiles (man konnte auch sagen: dickes?) Mädchen.

Lena trug eine Nickelbrille, die sie ständig auf dem Nasenrücken hochschob.

Celina war die ehemalige Sitznachbarin von Paul.

Nina hatte eine feste Zahnspange, die Sascha blöderweise an so einen Typen aus einem alten James-Bond-Film erinnerte, den sie mal mit ihrer Mutter gesehen hatte.

Sophie hatte trotz ihres jungen Alters schon ein Piercing in der Nase.

Laura hatte ganz doll krause, dunkle Haare.

Femke war das hübscheste Mädchen, das Sascha je gesehen hatte. Sie hatte so schöne lange blonde Haare, große rehbraune Augen, lange dichte Wimpern, eine niedliche Stupsnase … Kurz: Einfach alles an ihr war toll – bis auf ihren Namen. Den fand Sascha extrem gewöhnungsbedürftig.

Und Romi hatte eine dunkle Hautfarbe.

Das waren also die Mädchen ihrer Klasse – der Quarta von Hohenach. Oder einfacher ausgedrückt: der siebten Klasse des Internates, das gefühlte Milliarden von Kilometern von dem Ort entfernt war, wo Sascha jetzt viel lieber gewesen wäre.

Sei nicht undankbar, versuchte sie sich selber ein wenig Mut zu machen. *Immerhin sind alle netter, als du zuerst befürchtet hast.*

Instinktiv schaute Sascha neben sich und bemerkte, wie Paul sie ansah. Zumindest *fast* alle. Er hatte nichts gesagt, aber sein Blick hatte schon gereicht.

Ich werde Frau Schuster nachher einmal fragen, ob ich mich nicht doch ab morgen neben Celina setzen kann.

Nach der Englisch- und Geschichtsstunde war für Sascha schließlich auch die zweite Hälfte des Schultages vorbei. Zügig räumte sie ihre Stifte zusammen.

„Was machst'n du da?", fragte Paul sie mürrisch.

„Der Unterricht ist zu Ende. Ich gehe."

„Nix ist zu Ende. Wir haben jetzt noch Religion."

„Und da darf ich nicht mitmachen."

Pauls Gesichtsausdruck wandelte sich schlagartig. „Du darfst nicht mitmachen?"

Mit verlegener Stimme antwortete sie: „Nee. Ich würde ja gerne. Ehrlich. Aber meine Mutter hat was dagegen."

„Krass."

„Aber sie ist deswegen kein schlechter Mensch, weißt du?" Sascha lächelte entschuldigend. Immerhin war sie hier in Bayern gelandet, und irgendwo hatte sie mal gehört, dass alle in Bayern das mit der Kirche und dem Glauben sehr wichtig fanden. Wahrscheinlich würde sie es ab jetzt nicht mehr so leicht haben bei ihren Klassenkameraden.

„Genial. Ehrlich gesagt, ich beneide dich."

Sascha glaubte, sich verhört zu haben. „Du beneidest mich, weil ich nicht beim Religionsunterricht mitmachen darf?"

„Total."

„Warum?"

Paul zuckte mit den Schultern. Trotzdem hatte Sascha nicht das Gefühl, dass dies ein Ich-weiß-nicht-Zucken gewesen war. Sie vermutete eher, es war ein Ich-habe-keine-Lust-darüber-zu-reden-Zucken. Gerade eben wollte sie vorsichtig nachhaken, als sie neben sich die Stimme von Frau Schuster hörte.

„Na, habt ihr euch schon ein bisschen angefreundet?“

Zeitgleich antworteten Sascha und Paul: „Ja“ und „Nein“.

Frau Schuster lächelte. „Schön. Bevor sich aber für heute eure Wege trennen, muss ich euch noch etwas sagen.“

„Und?“, wollte Sascha wissen.

Die Lehrerin beugte sich ein wenig zu den beiden hinunter. In verschwörerischem Ton wisperte sie: „Ihr habt etwas ganz Besonderes gemeinsam.“

„Was denn?“, fragte Sascha aufgeregt.

„Das verrate ich euch nicht. Das müsst ihr alleine herauskriegen.“

Sascha hatte das Gefühl, vor Neugier platzen zu müssen. Paul dagegen hatte seinen Kopf aufgestützt, schaute vor sich hin und gab sich alle Mühe, gelangweilt auszusehen. Sie ahnte, was die Lehrerin mit dieser Anspielung bezweckt hatte. Nun würden sie und ihr Tischnachbar miteinander reden und einiges aus ihrem Leben austauschen müssen, wenn sie das Geheimnis lüften wollten.

Ob dem das wirklich so egal ist, wie er tut? Na, wir werden sehen, dachte sie, nahm ihre Stifte, Hefte und Bücher und verließ als Einzige den Klassenraum.

Fünfzehn Uhr. Eine Stunde früher als die anderen hatte sie nun den restlichen Nachmittag für sich. Als Sascha die große Freitreppe erreicht hatte, zögerte sie einen Moment. Eigentlich wollte sie nach oben gehen und in ihrem Zimmer schnell die Schulaufgaben erledigen, damit sie noch ein bisschen Zeit vor dem Abendessen hatte. Vielleicht sollte sie auch mal ganz unverbindlich bei Mariannes

Schwimmstaffel vorbeischauen. Aber der Sonnenschein draußen reizte sie doch zu sehr. Sie würde einfach die Aufgaben draußen auf der Wiese machen.

Schnell lief sie zur großen Eingangstür und zog sie auf. Beschwingt sprang sie die paar Treppenstufen hinab und ging geradewegs auf die Gebäudeecke zu, um die sie biegen musste, wenn sie zu der Wiese gelangen wollte. Dort stand sogar eine Bank, wenn sie vorhin richtig gesehen hatte. Diese Bank sah man nämlich, wenn man aus dem Klassenfenster schaute. Da könnte sie sich hinsetzen und ihre Bücher ablegen, ohne dass sie schmutzig wurden.

Schwungvoll bog Sascha um die Hausecke und hielt kurz inne. Auf der Bank saß bereits ein Mann und las Zeitung. Sollte sie sich trotzdem neben ihn setzen? Sie wäre ja leise und würde ihn nicht stören.

Der Mann hatte sie komischerweise sofort bemerkt. Er spähte hinter der Zeitung hervor und sah zu ihr hinüber.

„Darf ich mich neben Sie setzen?", rief Sascha aus ein paar Metern Entfernung. Der Mann schien nicht genau zu wissen, was er antworten sollte. Nervös schaute er zum Schulgebäude und sprang plötzlich auf. Dabei fiel etwas von seinem Schoß, das er schnell wieder aufhob. Eilig drehte er sich weg und lief davon. „Ich kann mich auch woanders hinsetzen!", rief ihm Sascha noch hinterher, während er im angrenzenden Wald verschwand.

Komisch. In Gedanken versunken ging das Mädchen weiter. Sie musste plötzlich daran denken, dass gestern schon mal ein Mann im Laufschritt über diese Wiese geeilt war. Als sie vor der Bank stand, blickte sie hinunter auf die Stelle, wo der Gegenstand hingefallen war, der dem Mann von seinem Schoß gerutscht war. Schade, dass sie nicht näher dran gewesen war. Von Weitem sah es so aus, als wäre das ein Fernglas gewesen. Aber das war natürlich Quatsch. Warum sollte der Mann zum Zeitunglesen ein Fernglas brauchen?

Nichts ahnend schaute sie auf. Da entdeckte sie plötzlich Herrn Röbler, der in einem leeren Klassenzimmer am Fenster stand. Er winkte ihr zu, als er merkte, dass sie ihn gesehen hatte. Sascha wunderte sich zwar darüber, aber sie winkte dezent zurück. Dann drehte er sich wieder um und verließ den Raum.

Saschas Blick wanderte ein Fenster weiter zu dem Klassenraum, wo ihre Mitschüler gerade im Religionsunterricht saßen. Warum nur hatte Paul sie so beneidet? Na ja, im Zweifelsfall wahrscheinlich deswegen, weil manche Kinder jede Art von Unterricht einfach nur doof fanden. Paul … Hm, was konnte sie wohl mit ihm gemeinsam haben?

„Rauschgift, stimmt's?"

Sascha starrte ihre Zimmergenossin an, die soeben den Raum betreten hatte und ohne irgendeine Begrüßung oder sonstige Vorwarnung diese Frage stellte.

„Was meinst du mit Rauschgift?"

„Mit Rauschgift oder Waffen kann man das meiste Geld verdienen, habe ich mal in der Zeitung gelesen."

Sascha schüttelte den Kopf. „Ich weiß noch immer nicht, was du meinst."

„Deine Mutter. Ich habe nur versucht, klug zu schlussfolgern, was deine Mutter wirklich verkauft."

„Vergiss es. Da kommst du nicht drauf", gab Sascha zurück. Eine unangenehme Mischung aus Schuldgefühl und Wut machte sich in ihr breit. So was Blödes! Warum hatte sie das nur mit der Verkäuferin gesagt? Wie sollte sie aus dieser Nummer nur wieder rauskommen? Warum konnte ihre Mutter denn nicht irgendetwas Normales von Beruf sein? Etwas, von dem man einfach so reden konnte. Nein, stattdessen musste sie unbedingt mit Ende zwanzig zu diesem peinlichen Talentwettbewerb gehen.

Damals war Sascha gerade in der zweiten Klasse gewesen. Sie konnte sich noch sehr gut daran erinnern, wie sie von ihren Mitschülern dafür gehänselt wurde, dass ihre Mutter um den Titel „Megastar von Niedersachsen" mit anderen mehr oder weniger talentierten Gestalten um die Wette gesungen hatte. Luisa hatte sich bei diesem Wettbewerb immer ein bisschen bunter geschminkt als ihre Konkurrentinnen, ihre Röcke waren ziemlich kurz und die Ausschnitte ganz schön tief. „Man muss auffallen, wenn man im Gedächtnis bleiben will", hatte sie immer gesagt. Sascha wäre am liebsten jedes Mal im Erdboden versunken, wenn ihre Mutter so auftrat. Luisa hatte nämlich nicht irgendwo in einem kleinen Vereinshaus vor einem kleinen Publikum gesungen, sondern im Fernsehen! Auch wenn es nur das Regionalfernsehen war – es hatte trotzdem gereicht, damit alle, die Sascha kannten, das sehen konnten.

Der Erfolg, der sich daraufhin einstellte, brachte alles durcheinander. Ein Produzent machte einen Vertrag mit ihr, und auf seinen Vorschlag hin waren sie schließlich nach Berlin gezogen. Zum Glück hatte Sascha dort nette Freundinnen gefunden, mit denen sie sich wirklich gut verstand.

Ach du meine Güte, durchzuckte Sascha siedendheiß ein Gedanke, *ich habe Sina und Jule noch gar nicht angerufen!*

Tatsächlich war sie gestern, an ihrem ersten Tag im Internat, so überwältigt gewesen von den neuen Eindrücken, dass sie glatt vergessen hatte, sich bei ihren Freundinnen zu melden. Schnell griff sie sich ihr Handy und ging aus dem Zimmer. Marianne hatte sich gerade an ihre Schulaufgaben gesetzt. Sicher hätte sie es nicht so prickelnd gefunden, wenn Sascha dabei telefoniert hätte. Und außerdem wollte sie sowieso niemanden dabeihaben, wenn sie ihren Freundinnen beschrieb, wie sehr sie dem Ende hier entgegenfieberte. Ach ja, das wussten die zwei ja auch noch nicht, was Helen ihr da versprochen hatte. Mann, die würden sich sicher sehr mit ihr freuen!

Mit ihrem Handy in der Hand steuerte Sascha die verschiedenen Aufenthaltsräume an. Irgendwo musste doch ein leerer zu finden sein, in dem sie ungestört telefonieren konnte. Als sie gerade in einen dieser Räume schwungvoll einbiegen wollte, stieß sie beinahe mit Herrn Röbler zusammen.

„Ach, hallo Sascha“, sagte er. „Na, was suchst du denn?“

„Ein bisschen Ruhe. Zum Telefonieren“, erwiderte sie und zeigte ihr Handy, das sie in der Hand hielt.

„Geht es dir hier gut?“, fragte der Lehrer.

Sascha wiegte den Kopf. „Na ja, eigentlich sind ja alle ganz nett hier. Bisher. Aber … so richtig freiwillig bin ich nicht hier, wissen Sie?“

Herr Röbler sah das Mädchen forschend an, dann nickte er lächelnd. „Das kriegen wir schon hin“, meinte er und verschwand aus dem Raum.

Einen kurzen Moment überlegte Sascha, was er wohl mit dieser Antwort gemeint hatte. Aber dann merkte sie, dass sie nun tatsächlich alleine im Raum war – die Gelegenheit wollte sie nutzen! Sie ließ sich in einen Sessel fallen und wählte Sinas Nummer.

Sina meldete sich am anderen Ende. Jule war gerade bei ihr zu Hause. Beide hatten den Nachmittag damit verbracht, in Sinas Garten im Pool zu baden. Nun hatten sie gerade eine Riesenportion Schoko-Eis verdrückt, lagen auf den Sonnenliegen und hörten Musik.

„Jule ist bei dir? Das ist toll! Dann kann ich euch ja beiden gleichzeitig berichten, wie es mir hier geht. Stell mal auf laut“, rief Sascha fröhlich. Doch innerlich versetzte ihr diese Vorstellung, dass beide Freundinnen sich einen so schönen Nachmittag ohne sie machten, einen herben Stich. In dem Moment bereute sie es beinahe schon, angerufen zu haben. Und selbst die Beteuerung von Jule und Sina, dass sie sie vermissten, half da nur wenig. Dennoch versuchte Sascha tapfer, sich nichts anmerken zu lassen. Die beiden konnten schließlich nichts dafür, dass sie hier in Hohenach abgeliefert worden war.

Und wie schön, dass sie sich ebenfalls auf die Aussicht freuten, dass ihre Freundin in einem knappen Monat wieder zurück sein könnte.

Während Sascha munter berichtete, was sie bisher erlebt hatte, und sich eingehend danach erkundigte, was in Berlin so los war, betrat plötzlich jemand den Aufenthaltsraum. Es war Paul. Irgendwie machte er komische Handbewegungen, zog die Augenbrauen fragend hoch und zeigte über die Schulter zur Tür. Das Mädchen hatte keinen Schimmer, was er ihr damit sagen wollte. Vielleicht wäre ihr das sogar egal gewesen, aber blöderweise machte er keine Anstalten, wieder zu verschwinden. Im Gegenteil, er ließ sich in einen anderen Sessel fallen und schien dem Telefonat ganz ungeniert zuhören zu wollen. Genervt von dem ungebetenen Gast, beendete Sascha schließlich das Gespräch. Das Wichtigste hatten sich die Mädchen schon erzählen können, und ansonsten würden sie morgen wieder miteinander sprechen.

„Was willst *du* denn hier?", fragte Sascha ungehalten.

„Hast du den vor die Tür geschickt, oder was?", entgegnete Paul flüsternd und deutete wieder mit seinem Daumen zur Tür.

„Wen habe ich vor die Tür geschickt?"

„Den … den neuen Lehrer."

Nun ebenfalls flüsternd, meinte Sascha: „Den Röbler? Wieso soll ich den rausgeschickt haben?"

„Weil der da draußen neben der Tür steht und es so aussieht, als ob er sich hier nicht reintraut."

Mit erstauntem Blick erhob sich Sascha und lief auf Zehenspitzen zur Tür, die die ganze Zeit offen gestanden hatte. Neugierig steckte sie ihren Kopf durch den Türrahmen und blickte nach links und rechts.

„Super, und ich fall auch noch drauf rein!“, rief sie verärgert zu Paul hinüber.

„Wieso reinfallen?“

„Na, weil da keiner steht.“

„Doch“, nun raffte sich Paul auf, ging ebenfalls zur Tür und schaute den Gang entlang. „Ich habe ihn hier stehen sehen. Guck mal, so hat er sich an die Wand gelehnt.“ Paul stellte sich auf den Flur, links neben die Tür und drückte seinen Rücken gegen die Wand. „Und er hat hier eine ganze Weile gestanden.“

„Hast du den Röbler etwa beobachtet? Warum?“

„Ich bin hier zufällig vorbeigekommen, habe ihn gesehen und wollte wissen, was er macht.“

„Und was hat er gemacht?“

„Nichts. Er ist hier stehen geblieben, während ich an ihm vorbei in den Aufenthaltsraum gegangen bin. Ich musste doch wissen, was für ein gefährliches Monster hier drin ist, das ihn so in Angst und Schrecken versetzt, dass er sich nicht reintraut.“

Sascha ignorierte so gut es ging Pauls dümmliches Grinsen. „Er hat einfach nur an der Wand gestanden, ohne irgendwas zu machen?“

„Er hat auf sein Handy geguckt.“

Das Mädchen schüttelte skeptisch den Kopf. „Der wird einfach stehen geblieben sein, um ’ne SMS zu lesen.“

„Wenn du mich fragst, dann sah das so aus, als hätte er gelauscht.“ Paul verschränkte seine Arme, als wollte er seine Vermutung damit bekräftigen.

„Gelauscht? Hallo? Ich habe mit meinen Freundinnen telefoniert, nicht mit einem Geheimagenten."

„Wer weiß, was du denen Interessantes erzählt hast. Schließlich hast du ja auch gleich aufgehört, als ich hier reinkam."

Sascha verdrehte die Augen und atmete geräuschvoll aus. „Gibt es sonst noch einen Grund, warum du hier bist?"

Paul griff sich eine Fernsehfernbedienung und schaltete den Fernsehapparat ein, der in einer Ecke stand. „Nö. Aber vielleicht hast du ja noch ein paar Fragen an mich?"

Sascha grinste. Sie wusste, was er meinte, aber den Gefallen würde sie ihm nicht tun. Er sollte hier nicht den Lässigen spielen und so tun, als würde er nicht auch wissen wollen, was Frau Schuster vorhin gemeint hatte. Gerade eben wollte sie den Raum wieder verlassen, als sie kurz innehielt. Ihr fiel doch noch eine Frage ein. „Warum wolltest du mir nicht verraten, wieso du den Religionsunterricht so doof findest?"

„Deswegen", antwortete Paul knapp und stellte den Ton vom Fernseher lauter.

„Ich kann das gar nicht verstehen. Also ich wüsste zu gerne mehr über Gott. Ich würde nämlich total gerne wissen, wie er so ist und ob er sich für die Menschen interessiert. Und falls ja, könnte ich ihn vielleicht dazu überreden, dass er mir ein bisschen hilft oder mir ein paar Dinge erklärt? Das wäre doch echt klasse."

„Du hast ja keine Ahnung", meinte Paul, ohne den Blick von den bunten Bildern abzuwenden, die beim Zappen durch die Sender an ihm vorbeirauschten.

Okay, Sascha hatte verstanden: Soeben war sie mit einem Bauchklatscher in einem Riesenfettnapf gelandet. Mehr aus Verlegenheit als aus Wissbegierde sah Sascha auf ihre Armbanduhr. „Oh, gleich gibt's Abendessen."

Paul reagierte nicht, und so ging sie frustriert alleine aus dem Aufenthaltsraum.

Nach dem Abendessen machte sich Sascha mit ihrem Handy erneut auf die Suche nach einem stillen Plätzchen. Der verabredete tägliche Anruf bei ihrer Mutter stand an und neben Marianne hatten sich auch Lena und Romi in ihrem Zimmer zum Quatschen eingefunden. Also zog Sascha sich lieber wieder zurück. Während sie jedoch durch die Flure ging, wollte sich partout kein Raum finden lassen, wo nicht eine Gruppe von Jungen oder Mädchen zusammensaß, spielte, lachte, Musik hörte oder was auch immer. So viele fremde Gesichter – und alle hatten Spaß miteinander. Nur sie war außen vor. Je mehr Aufenthaltsräume sie ablief, desto einsamer fühlte sie sich.

Plötzlich dachte sie wieder an Jule und Sina und daran, dass sie heute Nachmittag nicht mit den beiden zusammen sein konnte. Komischerweise verschwamm ihr Blickfeld immer mehr. Schniefend zog sie die Nase hoch. Sascha legte einen Schritt zu und eilte vorwärts. Gab es denn hier nicht eine einzige kleine einsame Ecke für sie?

Weshalb?, schlich sich die Frage leise in ihr Bewusstsein. *Willst du wirklich mit ihr reden? Du bist ihr doch egal, also brauchst du sie auch nicht anzurufen!*

Da war sie wieder, diese Wut, die sie gestern schon so intensiv gespürt hatte. Die ihr das Gefühl gab, platzen zu müssen. Warum war sie eigentlich nicht geplatzt? Warum hatte sie nicht geschrien und getobt und noch mehr auf die bescheuerte Badezimmertür eingetreten? Lag es daran, dass sie nicht wirklich geglaubt hatte, dass Luisa sie wegschicken würde? Nein, das konnte nicht der Grund sein. Sascha wusste, dass ihre Mutter immer das durchzog, was sie sich in den Kopf gesetzt hatte. Diese blöde Karriere, der Umzug nach Berlin, die wenige Zeit, die sie für ihre Tochter hatte – und immer hatte Sascha alles erduldet, sich nie gewehrt. Aber wie sollte sie sich auch wehren? Lief sie dabei nicht Gefahr, den einzigen Menschen zu verärgern, zu dem sie noch gehörte?

Aber brav sein hat dir auch nicht geholfen. Sie hat dich trotzdem weggeschickt. Jetzt bist du ganz alleine.

Sascha konnte die Tränen nicht mehr zurückhalten. Schnell flüchtete sie sich in die Teeküche, die fast genau eine Etage über ihrem Zimmer lag, setzte sich in eine Ecke, zog die Beine an ihren Körper, schlang die Arme um die Knie und weinte bitterlich. Nur einen Moment später klingelte Saschas Handy. Der Name ihrer Mutter stand im Display. Ohne auch nur eine Sekunde zu zögern, holte das Mädchen aus. „Ich will nicht mit dir sprechen!“, schrie sie zornig und schleuderte das Telefon wutentbrannt von sich. Starr vor Schreck nahm Sascha wahr, wie das Gerät in hohem Bogen quer durch die Teeküche flog, mit einem lauten Krachen auf dem gefliesten Boden aufschlug und unter den Kühlschrank schlidderte. Augenblicklich war es verstummt.

„Oh nein!“, rief sie. „Ich bin ja so blöd!“ Mit einem Satz hechtete sie zum Kühlschrank und versuchte, mit ihrem

Arm irgendwie darunterzugelangen, während ihr noch immer die Tränen herunterliefen.

„Hallo, kann ich dir irgendwie helfen?"

Sascha hörte die Stimme eines Mannes hinter sich, die sie in diesem Moment noch wütender machte.

„Was wollen Sie hier?", rief sie derart aggressiv, wie sie es sich nie im Leben getraut hätte, wenn sie nicht gerade so außer sich gewesen wäre.

„Äh, ich habe hier Geräusche gehört und dachte, ich gehe mal nachgucken", antwortete Herr Röbler.

„Lassen Sie mich in Ruhe!"

„Ich würde dir gerne helfen, wenn ich darf."

Sascha setzte sich wie ein Häuflein Elend neben den Kühlschrank auf den Boden. „Mein Handy liegt da drunter."

„Warte, ich ziehe dieses Ding mal etwas weg von der Wand." Der Lehrer machte sich sofort ans Werk, während Sascha ein Stück beiseiterückte. „Moment … ich … ich hab es gleich." Im Nu hatte er das Gerät so weit von der Wand weggezogen, dass er einigermaßen gut dahintergreifen konnte. „Ah, hier." Herr Röbler reichte ihr das Handy, das nun mit ein paar Staubflusen und einem Riesenkratzer auf dem Display verziert war. Sascha nahm es vorsichtig an sich.

„Danke", sagte sie.

„Und als Nächstes brauchst du ganz dringend ein Taschentuch, denke ich."

„Nein, nein, nicht nötig", wehrte das Mädchen ab, ohne ihn dabei anzusehen. Mit ihren verheulten Augen wollte sie das auf gar keinen Fall. Es war ihr peinlich.

Unablässig betrachtete sie ihr Telefon. Sie würde vielleicht besser mal prüfen, ob es noch ging. Vorsichtig drückte sie den Einschaltknopf. Tatsächlich, es sah so aus, als hätte sie Glück. Das Handy hatte sich durch den Aufprall wohl nur ausgeschaltet. Nachdem sie die PIN-Nummer eingegeben hatte, leuchtete das Display auf: „1 Anruf in Abwesenheit“ zeigte es an.

Langsam sah Sascha von ihrem Handy auf. Herr Röbler war weg. Dabei hatte er noch nicht einmal den Kühlschrank ordentlich zurückgeschoben. Schleppend stand Sascha auf. Es ging ihr noch immer furchtbar. Das Schlimme war, dass sie nicht wusste, wo sie jetzt hingehen sollte. In ihrem Zimmer war wahrscheinlich noch immer die Mädchenrunde am Schwatzen. Das war das Letzte, was sie jetzt brauchte. Sollte sie stattdessen wieder rausgehen auf die Wiese? Oder sich irgendwo mit reinsetzen, wo man fernsehen konnte? Diese Idee war zwar nicht gerade toll, aber etwas Besseres fiel ihr auch nicht ein. Noch einmal schaute sie auf ihr ramponiertes Handy. Sie würde ihre Mutter heute nicht mehr anrufen. Dieses kleine bisschen Entscheidungsfreiheit und Macht hatte sie wenigstens noch.

Schlurfend verließ Sascha die Teeküche und ging den Flur entlang. Eine Hand, die sie plötzlich auf ihrer Schulter spürte, ließ sie erschrocken herumfahren. Vor ihr stand Frau Schuster.

„Haben Sie mich eben erschreckt.“

„Entschuldige, das wollte ich nicht.“ Sie machte eine kurze Pause, dann fuhr sie leise fort: „Ich möchte mich nicht aufdrängen, aber brauchst du vielleicht gerade jemanden, der dir zuhört?“

„Sie müssen sich nicht um mich kümmern“, schniefte Sascha.

„Nein, müssen muss ich das nicht. Ich habe übrigens gehört, dass du das hier gut gebrauchen kannst.“ Mit einem zaghaften Lächeln hielt Frau Schuster dem Mädchen eine Packung Papiertaschentücher hin.

„Danke“, schniefte Sascha erneut und nahm sich ein Taschentuch. „Dann weiß ich jetzt auch, wer Ihnen von mir erzählt hat. Der Herr Röbler, nicht wahr?“

„Ja.“

„Ist der wirklich neu hier?“ Sascha schnaubte kräftig.

„Ja.“

„Der ist mir ... irgendwie ... unheimlich.“

Die Lehrerin lächelte freundlich. „Wieso das denn?“

„Der ist immer da, wo ich auch bin.“

„Das kommt sicher daher, dass ihr beide noch viel in diesem Gebäude zu erkunden habt und euch deswegen immer mal wieder über den Weg lauft. Magst du heiße Schokolade?“

Sascha nickte.

„Dann lade ich dich zu einer Tasse ein.“

Sie zögerte.

„Du darfst die Tasse auch auf dein Zimmer mitnehmen und musst nicht mit mir reden.“

„Okay“, meinte Sascha und machte sich gemeinsam mit Frau Schuster auf den Weg zu deren Unterkunft in Hohenach. So ganz sicher war sie sich noch nicht, ob sie nun mit ihrer Lehrerin reden wollte oder lieber nicht. Na ja, sie ließ das einfach mal auf sich zukommen.

5

Auf dem Weg zu Frau Schusters Zimmer begegneten ihnen einige Schüler, die sie halb neugierig, halb mitleidig mit ihren Blicken verfolgten. Wahrscheinlich dachten sie, dass Sascha irgendwas angestellt hatte und nun von der Lehrerin erwischt worden war. Ihre Augen sahen bestimmt noch ganz schön verheult aus.

Als sie eine Etage tiefer vor der Unterkunft von Frau Schuster standen, konnte Sascha aus dem Nebenzimmer lautes Lachen hören. Es schien beinahe so, dass Marianne auch albern sein konnte. Wer hätte das gedacht?

„So, komm herein“, meinte die Lehrerin, als sie die Tür geöffnet und das Licht angeschaltet hatte.

Sascha folgte der Aufforderung und fand sich in einem mit Parkett ausgelegten Flur wieder, von dem vier Türen abgingen. Gleich links ging es zur Küche und rechts zum Wohnzimmer. Die beiden anderen Türen waren geschlossen. Vermutlich führten sie zum Badezimmer und zum Schlafzimmer.

„Das ist ja eine richtige Wohnung hier“, meinte das Mädchen erstaunt.

„Ja. Ich glaube, sonst hätte ich auch nicht zugestimmt, hier zu wohnen, wenn ich nicht ein so schönes Appartement angeboten bekommen hätte. Wenn du möchtest, dann geh doch schon mal ins Wohnzimmer und setz dich. Ich mache uns schnell die heiße Schokolade."

Sascha nickte und betrat beinahe ehrfürchtig den Raum. So sah es also bei ihrer Klassenlehrerin zu Hause aus. Neugierig blickte sie sich um. Der Raum war überwiegend mit alten Möbeln ausgestattet, die ihrer Mutter sicher auch gefallen hätten. Luisa schwärmte für „antike Stücke", wie sie zu sagen pflegte. Ein Sekretär mit einem Stapel Schulhefte darauf stand in der Ecke. Daneben eine Kommode und ein Schrank in einem dunklen, warmen Holzton und eine große, alte Truhe. Das Sofa mit seinen geschwungenen Armlehnen und zwei dazu passende Sessel – die wirkten richtig einladend. Als warteten sie nur darauf, dass sich jemand dort hinsetzte. Aber am alleranheimelndsten war das große Regal, das mit vielen, vielen Büchern bestückt war.

Mehrere Male wanderten Saschas Augen zu der alten Truhe. Zu gerne hätte sie gewusst, was sich darin befand. Eine Leiche? Sascha lächelte. Ihre Fantasie war manchmal recht übersprudelnd. Na ja ... *Ich würde da jedenfalls problemlos reinpassen,* überlegte sie. Schade, dass sie nicht einfach in die Truhe gucken konnte. Also schlenderte sie langsam hinüber zum Bücherregal und schaute sich interessiert die Buchrücken an. Ein paar Namen und Titel waren ihr vertraut. Einige Autoren musste Frau Schuster wohl besonders schätzen. Von einem Max Lucado standen dort neunzehn Bücher, fein säuberlich in einer Reihe. Adrian Plass war mit dreiundzwanzig im Regal vertreten. Aber der ultimative Lieblingsautor ihrer Klassenlehrerin schien wohl jemand zu sein, der C. S. Lewis hieß. Alleine fünf-und-drei-ßig Bücher hatte sie von ihm dort stehen, teilweise sogar in Englisch! Interessanterweise schienen alle diese Autoren sowohl etwas für Kinder als auch für Erwachsene geschrieben zu haben. Jedenfalls machten die Titel und die Bilder auf den Buchrücken diesen Eindruck. Ein Buch lag quer auf dem Regal, in der Mitte steckte ein Lesezeichen. Vorsichtig zog Sascha es etwas hervor. Auf dem Cover war ein gezeichnetes Bild von einer Möwe zu sehen, die offenbar einem Pinguin etwas erklärte.

„Na, hast du etwas Interessantes entdeckt?", hörte Sascha plötzlich Frau Schuster hinter sich. Schnell schob sie das Buch wieder zurück und verschränkte die Hände hinter dem Rücken.

„Äh, ich dachte, ich gucke nur mal, was Sie so für Bücher haben. Ich mag Bücher."

„Dann haben wir ja etwas gemeinsam. Möchtest du dich setzen?"

Langsam kam Sascha näher. „Wo darf ich?"

„Wo du möchtest."

Etwas befangen ging das Mädchen zu dem Sofa und setzte sich in eine seiner Ecken. Frau Schuster reichte ihr die heiße Schokolade.

„Danke. Oh, mit Sahne."

„Ich hoffe, du magst Sahne."

„Nur, wenn sie süß ist."

„Dann wirst du sie mögen", schmunzelte die Lehrerin. Beide tranken einen ersten, vorsichtigen Schluck. „Hier in Hohenach zu sein, ist eine gewaltige Umstellung für dich, was?"

Sascha nahm einen Teelöffel, den Frau Schuster auf den

Wohnzimmertisch gelegt hatte, und fing an, die Sahne in kleinen Mengen von ihrem Kakao zu löffeln und genüsslich im Mund zergehen zu lassen. „Ach, eigentlich sind ja alle sehr nett zu mir. Aber ich habe es mir eben nicht selber ausgesucht, hierherzukommen."

„Hast du Heimweh?"

Diese direkte Frage war ihr unangenehm. Heimweh – so etwas hatten doch nur kleine Kinder! Oder? „Hm ... weiß nicht ... so was Ähnliches vielleicht."

„Warum bist du denn hier gelandet, wenn du das nicht wolltest?", fragte Frau Schuster vorsichtig.

„Meine Mutter wollte das so." Plötzlich spürte Sascha, wie sich ihre Augen wieder mit Tränen füllten. Schnell stellte sie ihre Tasse auf dem Tisch ab und suchte in der Hosentasche nach dem Taschentuch, das sie sich vorhin aus dem Päckchen ihrer Lehrerin herausgenommen hatte. Frau Schuster, die in einem Sessel Platz genommen hatte, stand auf und setzte sich neben das Mädchen auf das Sofa. Behutsam legte sie ihm eine Hand auf die Schulter. Als Sascha diese sanfte Berührung spürte, brach sie endgültig in Tränen aus. Und mit den Tränen schien auch alles andere heraussprudeln zu wollen, was sie so unglücklich machte.

„Eigentlich müsste ich ja gar nicht traurig sein", schluchzte Sascha. „Ich muss ja nur einen Monat hierbleiben, dann darf ich wieder nach Hause. Das hat mir Helen versprochen. Aber ich glaube, ich bin mir doch nicht so sicher, ob meine Mutter sich von ihr überreden lassen wird. Und was mache ich dann?"

„Helen? Ist Helen deine Oma?"

„Meine Oma?!“ Sascha schüttelte den Kopf. „Nein, sie ist mein Ki… meine Freundin.“ Erneut nahm sie sich eins von den Taschentüchern, die Frau Schuster ihr anbot, und schnaubte kräftig. Einen kurzen Moment überlegte sie. „Ach, was soll's“, fuhr Sascha mit einem schweren Seufzer fort. „Helen ist mein Kindermädchen, das sich um mich kümmert, wenn meine Mutter zu Auftritten unterwegs ist. Ich habe keine Oma. Das heißt, ich habe wahrscheinlich schon eine Oma, aber ich kenne sie nicht. Ich kenne eigentlich gar keinen aus meiner Familie, nur meine Mutter. Die ist nämlich in Italien geboren. Ihre Eltern sind wohl extrem religiös gewesen, zumindest hat Mama das so erzählt. Na ja, und dann ist Luisa, also meine Mutter, schwanger geworden. Aber meinen Vater konnte sie nicht heiraten, weil der schon verheiratet war. Deswegen haben meine Oma und mein Opa meine Mutter von zu Hause weggeschickt und gesagt, sie soll sich nie wieder blicken lassen. Es soll irgendwie mit ihrer Religion zu tun gehabt haben, dass sie ihre Tochter nicht mehr zu Hause haben wollten. Und meine Mutter hatte daraufhin beschlossen, dass sie in Zukunft um alles, was mit dieser Religion zu tun hat, einen Riesenbogen machen will. Und deswegen darf auch ich nichts fragen oder lernen, was mit Gott zu tun hat. Aber eigentlich möchte ich das schon.“

Frau Schuster nickte. Doch bevor sie etwas dazu sagen konnte, redete Sascha schon weiter: „Meine Mutter ist nach Deutschland gezogen, bevor ich auf der Welt war. Ich bin dann in Hannover geboren. Mama hat schon vorher recht gut Deutsch gesprochen, aber als ich in die Schule kam, hat keiner mehr an ihrer Sprache gemerkt, dass sie

Ausländerin ist. Sie hat viel gearbeitet. Am Tag war sie zu Hause und hat irgendwelche Sachen ins Italienische übersetzt, und abends, wenn ich im Bett war, hat sie in einer Pizzeria Teller durch die Gegend getragen. Ich glaube, dort war es auch, dass ihr jemand von dem Talentwettbewerb erzählt hat. Da hat meine Mutter dann mitgemacht und ist jetzt Sängerin."

„Luisa, sagst du, heißt sie? Und hat sie lange, dunkle, wellige Haare?"

Sascha nickte.

„Du hast zwar auch diese hübschen leichten Locken, aber deine Haare sind so blond. Ich wäre im Leben nicht draufgekommen, dass ihr verwandt sein könntet. Ich habe sie tatsächlich schon ein paarmal im Fernsehen gesehen. Und diese Luisa ist deine Mutter?"

Sascha schaute ihre Lehrerin erschrocken an. Eigentlich kannte sie diese Frau ja noch gar nicht richtig. Was hatte sie da bloß gerade alles erzählt!

„Ja, aber Sie dürfen das alles nicht der Presse sagen, was ich Ihnen erzählt habe. Und den anderen hier im Internat auch nicht."

Frau Schuster nickte verständnisvoll. „Ich werde nichts von dem verraten, was du mir anvertraust!" Mit gespielter Feierlichkeit hob sie ihre rechte Hand. „Großes Indianerehrenwort." Dann schmunzelte sie aufmunternd.

Sascha lächelte für einen kurzen Moment zurück, wurde aber sofort wieder ernst. „Ich hätte Ihnen eben vielleicht besser nicht gesagt, dass mein Vater mit einer anderen Frau verheiratet war."

„Wieso?"

„Na ja, Sie sind doch auch religiös, nicht? Kann ja sein, dass Sie mich jetzt auch nicht mehr mögen."

Frau Schuster beugte sich vor, sodass sie Sascha noch besser ins Gesicht sehen konnte. „Und wenn ich es dir ausdrücklich sage, dass ich dich noch genauso doll mag wie vor einer halben Stunde, als du mir noch nichts von dir erzählt hast – glaubst du mir dann? Aber … nein, Moment, das stimmt ja gar nicht. Ich mag dich gar nicht mehr so doll wie vorhin. Ich mag dich jetzt sogar noch viel doller."

„Aber … wenn Sie das nicht stört, sind Sie dann etwa nicht ganz so religiös wie meine Großeltern?" Sascha angelte erneut nach ihrer Tasse mit der ehemals heißen – nunmehr lauwarmen – Schokolade. Während sie einen Schluck trank, schaute sie über den Tassenrand hinweg und beobachtete genau, wie ihre Lehrerin auf die Frage reagierte.

Frau Schuster nahm sich ebenfalls ihre Tasse und legte beide Hände um das Trinkgefäß, als wollte sie ihre Finger daran wärmen. Mit nachdenklicher Stimme sagte sie: „Hm, ja, das kann schon sein. Aber ich glaube, religiös zu sein, ist nicht das, was Gott bei einem Menschen am meisten gefällt."

„Echt? Was soll ihm denn noch mehr gefallen als das?"

„Wenn alles, was wir tun, sagen oder denken, aufrichtig gemeint ist. Und wenn es unser inniger Wunsch ist, dass Gott uns dazu gebrauchen darf, dass die Welt eines jeden Menschen, der uns begegnet, durch diese Begegnung ein kleines bisschen schöner wird."

Sascha kratzte sich am Kopf. „Hä?"

„Gott freut es am allermeisten, wenn wir lieben."

„Das ist wichtiger als religiös sein?"

Frau Schuster nickte. „Ja. Gott zu lieben und die Menschen zu lieben ist das Allerwichtigste, was wir tun können."

„Aber warum geben sich dann so viele Menschen solche Mühe, religiös zu sein, wenn das in Wirklichkeit gar nicht so viel bedeutet?"

Frau Schuster stützte ihren angewinkelten Arm auf die Rückenlehne des Sofas und legte nachdenklich den Kopf in die Hand. „Ich glaube, man kann es vielleicht damit vergleichen: Stell dir mal vor, es würden zwei Kinder vor dir stehen. Eins ist sauber, riecht gut und hat hübsche Kleidung an. Aber leider ist dieses Kind böse und ungerecht zu jedem. Das andere Kind ist schmutzig, hat zerrissene Lumpen an, ist aber freundlich und hilft allen Menschen gerne. Welches Kind, meinst du, wird seinen Eltern mehr Freude machen?"

„Das nette, nicht wahr?"

„Ja, das nette. Das hübsche Kind wirkt von außen betrachtet tadellos. Und jeder, der das saubere Kind nicht kennt, wird begeistert davon sein, wie ordentlich es aussieht. Aber was wirklich wichtig ist, ist eben nicht das Äußere."

Sascha tippte sich an die Stirn. „Aha. Die Religiösen sind die Hübschen, die eigentlich fies sind, und die Schmutzigen sind die Lieben …"

„Na ja", die Lehrerin wiegte den Kopf, „nicht ganz. Was ich damit sagen wollte ist: Manche Menschen geben sich große Mühe, religiös zu sein, weil das von außen so schön aussieht. Und solange sie niemand wirklich kennt, kommen sie auch bei vielen Menschen gut damit an. Aber

Religiössein muss nichts Schlechtes sein. Stell dir mal das liebe Kind gewaschen und in schönen Kleidern vor. Das ist doch auch eine ganz schöne Kombination."

„Iiiih, ein Streber", meinte Sascha und lachte, um klarzumachen, dass sie das eben nicht ernst gemeint hatte. Einen kurzen Moment überlegte sie, dann sagte sie leise: „Meine Großeltern haben aber nicht so eine schöne Kombination, nicht wahr?"

„Sie haben zumindest deiner Mutter sehr wehgetan. Und dir ja wohl auch?"

Das Mädchen nickte.

„Aber weißt du, was gut wäre? Wenn wir beide uns weniger Gedanken darum machen, wie schlecht andere Menschen sind, sondern zusehen, dass wir zu denen gehören, die Gott Freude machen."

„Indem wir lieben?", ergänzte Sascha unsicher.

„Genau!"

Plötzlich klopfte es zaghaft, aber hörbar an die Wohnungstür.

„Nanu?", meinte Frau Schuster. „Besuch? Um diese Uhrzeit?" Noch während sie die letzte Frage stellte, sah sie auf die Uhr. „Oh weh, schon so spät! Ich glaube, ich weiß, wer da draußen vor der Tür steht." Die Lehrerin nickte Sascha verschmitzt zu und eilte zur Tür. „Ich komme!"

„Entschuldigen Sie bitte, dass ich störe", hörte Sascha einen Moment später eine vertraute Stimme, „aber ich suche meine Zimmergefährtin. Ist sie zufällig bei Ihnen? Herr Röbler meinte, ich soll mal bei Ihnen klopfen."

„Das ist wirklich sehr lieb, dass du nach ihr fragst. Ja, sie ist hier bei mir."

„Es ist schon fünf Minuten vor 21 Uhr. Wir müssen gleich das Licht ausmachen."

„Wir haben uns ein wenig verquatscht. Wie gut, dass wir dich haben! Ich schicke Sascha sofort zu dir rüber."

„Bin schon da", rief die Gesuchte und kam aus dem Wohnzimmer gelaufen. „Ich komme gleich mit dir."

„Ich wünsche Ihnen noch eine gute Nacht, Frau Schuster", meinte Marianne artig.

„Das wünsche ich dir auch."

Während Marianne sich umdrehte und zufrieden zurückging in ihr Zimmer, reichte Sascha der Lehrerin ihren leeren Trinkbecher. „Sie waren sehr, sehr nett zu mir. Vielen Dank. Auch für den leckeren Kakao."

„Es war schön, dass ich mit dir reden durfte. Du bist wirklich eine tolle junge Dame. Und wenn du noch einmal traurig bist, Lust zum Reden hast oder Appetit auf heiße Schokolade, dann klopfe einfach bei mir an."

„Das würde ich gerne machen. Ich habe noch ganz viele Fragen im Kopf, wegen Gott und so. Meinen Sie, es ist okay, wenn ich Ihnen die alle irgendwann einmal stelle?"

„Aber natürlich. Gerne."

„Auch dann, wenn wir beide wissen, dass meine Mutter das nicht gut findet?"

Frau Schuster atmete hörbar aus. „Tja, darüber müssen wir beim nächsten Mal vielleicht als Allerserstes sprechen."

Sascha nickte.

„Kommst du?", rief eine Stimme von nebenan. „Nur noch eine Minute!"

„Na los, lauf schon", meinte die Lehrerin und nickte Sascha kurz zu. Dann lief das Mädchen in ihr Zimmer.

Natürlich hatte Marianne darauf bestanden, dass das Licht pünktlich gelöscht wurde. Beim Waschen durfte Sascha ausnahmsweise das Badezimmerlicht kurz anmachen, dann aber hieß es: im Dunkeln ins Bett.

Sascha lag wieder einige Zeit wach. Diesmal nicht wegen der Geräusche um sie herum, auch nicht wegen Mariannes Schnarchen, sondern wegen allem anderen, was ihr heute passiert war. Es war so irre viel gewesen – und das schon am ersten Schultag! Sie dachte an ihren ersten Eindruck von den Schulkameradinnen und von Paul. Von den wilden Spekulationen, was Luisa wohl wirklich beruflich machte. Hm, sie musste morgen früh unbedingt noch mal fragen, ob ihre Mitbewohnerin das wirklich ernst gemeint hatte mit den Waffen und dem Rauschgift. Der merkwürdige Mann auf der Bank fiel ihr wieder ein. Und Herr Röbler. Der hatte sogar gewusst, dass sie bei Frau Schuster gewesen war, und hatte Marianne dorthin geschickt. Aber nein, das musste ja nun wirklich nichts bedeuten. Er hatte schließlich Frau Schuster extra zu ihr zum Trösten geschickt. War ja nur logisch, dass sie vielleicht noch bei der Lehrerin war. Und dann noch all das, was sie über das Religiössein und die Liebe gehört hatte. Interessant. Aber alles hatte sie doch nicht verstanden.

Plötzlich fiel Sascha erneut ihr Handy ein. Komisch. Sie hatte zwar nicht mehr ihre Mutter angerufen, aber warum hatte Luisa sich nicht noch mal bei ihr gemeldet? Hatte sie schon aufgegeben, wenn Sascha nicht gleich beim ersten Mal ans Telefon ging? Toll, dachte sie frustriert und schlich noch einmal aus dem Bett. In der Dunkelheit tastete sie in ihrer Hosentasche nach dem Telefon und zog es heraus. Es war ausgeschaltet. *Habe ich das etwa vorhin wieder ausgestellt? Ich kann mich gar nicht daran erinnern.* Schnell gab sie die PIN-Nummer ein. Das Display leuchtete auf und zeigte „5 Anrufe in Abwesenheit". Als sie diese Info wegdrückte, erschien: „Sie haben 3 neue Anrufe auf Ihrer Mailbox."

Sascha wählte die Nummer ihres Anrufbeantworters. Zwei der drei neuen Anrufe waren von ihrer Mutter. Sie schien sich unglaublich große Sorgen zu machen, weil sie ihre Tochter nicht erreicht hatte. Dass sie so ängstlich war, empfand Sascha schon beinahe als übertrieben. *Mütter! Die verstehe, wer will.* Der dritte Anruf war von Helen. Schnell schrieb Sascha jeweils noch eine Alles-okay-SMS an die beiden. Dann schaltete sie das Telefon wieder aus und rollte sich in ihre Bettdecke.

Ach, so was Blödes. Eigentlich hätte sie ja Frau Schuster vorhin noch mal fragen können, ob sie nicht einen kleinen Tipp geben würde, was für eine besondere Sache sie und Paul gemeinsam hatten. Irgendwie musste sie das morgen mal in Angriff nehmen, Paul ein paarmal unauffällig über den Weg zu laufen, damit sie miteinander ins Gespräch kamen.

Deine Haare sind so blond, da wäre ich im Leben nicht draufgekommen, dass ihr verwandt sein könntet. Sascha erinnerte sich plötzlich wieder an diesen Satz, den Frau Schuster vorhin gesagt hatte. Stimmt, Saschas Mutter hatte ganz dunkles Haar. Also musste wohl ihr Vater blonde Haare gehabt haben – oder noch haben. Wie gemein, dass Luisa nie so richtig über ihn sprechen wollte. Eigentlich wusste Sascha fast gar nichts von ihm. Wer er wohl war?

Hm … Paul hatte auch blonde Haare. Ob sein Vater auch blonde Haare hatte? Welche Gemeinsamkeit meinte wohl Frau Schuster?

Sascha, Schluss jetzt!, rief sie sich selbst innerlich zur Ordnung. *Was für abgedrehte Gedanken hast du denn da gerade? Woher soll eine fremde Lehrerin so was wissen können? Das ist genauso bescheuert wie das mit der Leiche in der Truhe. Schlaf endlich!* Ein paar Minuten später hatte sie ihren eigenen Befehl befolgt.

Der Sechs-Uhr-morgens-Mörderdauersirenenton ertönte.

Diesmal saß Sascha zwar nicht kerzengerade im Bett, aber erschrocken hatte sie sich trotzdem wieder. Nach einem kurzen Augenblick hatte Marianne ihn blind, aber treffsicher abgestellt.

„Dein Wecker ist eine echte Zumutung, weißt du das?“, murmelte Sascha zu ihrer Zimmerkameradin hinüber.

„Mmmmm.“

Bevor sich Sascha noch einmal umdrehen und weiterschlafen konnte, fiel ihr wieder ein, was ihr kurz vor dem Einschlafen noch durch den Kopf gegangen war. Und diese Gedanken machten sie plötzlich ganz munter.

„Sag mal", begann sie und setzte sich im Bett auf, „hast du das gestern ernst gemeint, dass meine Mutter Waffen oder Rauschgift verkauft?"

„Mm … mm." Einen Moment hörte Sascha nur ein paar tiefe Atemzüge von der anderen Seite des Zimmers. „Scherz", nuschelte Marianne schließlich.

Langsam schälte Sascha sich aus ihrer Bettdecke, um zur Toilette zu gehen. Gemächlich schlurfte sie ins Bad. *Wenn ich jetzt sowieso schon wach bin, könnte ich ja versuchen, heute Morgen mitzujoggen,* dachte sie, ohne dass sie diese Idee besonders ernst nahm. Als sie am Handwaschbecken vorbeikam, warf sie einen kurzen Blick in den Spiegel und seufzte. Ihre Haare sahen ganz schön durcheinander aus. Anscheinend hatte sie sehr unruhig geschlafen.

Als sie aus der Badezimmertür heraustrat, fuhr sie erschrocken zusammen. Marianne war, wie gestern schon, mit einer solchen Energie aus dem Bett gesprungen, dass die beiden Mädchen beinahe zusammengestoßen wären.

„Kommst du heute mit?"

„Äh, ja", antwortete Sascha verdutzt.

„Klasse!", rief Marianne. „Los, zieh deinen Jogginganzug und die Laufschuhe an, in fünf Minuten ist Abflug." Nach diesen Worten war sie so schnell im Bad verschwunden, als hätte sie sich dort hineingebeamt.

„Na, dann mal los", murmelte Sascha vor sich hin, um sich selbst ein bisschen zu motivieren. Müde fischte sie ihre Sportsachen aus dem Schrank und zog sich an.

Der Jogger-Treffpunkt befand sich an der großen Eingangstür des Internats. Auch ein Lehrer war dabei und schaute sich um, ob noch jemand dazukam.

„Oh, wir haben eine neue Mitläuferin", meinte er und nickte Sascha zu, während sie nach draußen gingen. „Verrätst du mir, wie du heißt?"

„Sascha."

„Willkommen, Sascha. Ich bin Herbert Vogel." Mit diesen Worten trabte er los, während ihm die Gruppe im Laufschritt folgte.

„Piepmatz ist übrigens unser Mathelehrer", raunte Marianne ihrer Mitbewohnerin zu.

„Piepmatz? Ach so, Vogel!" Sascha grinste.

„Oh nö, wer hat denn dieses Küken da vorne mit angeschleppt?", war plötzlich ein stimmbruchgefärbter Ausruf von weiter hinten zu vernehmen. „Jetzt sind wir ja dreizehn. Wenn das mal kein Unglück gibt!"

„Ey, du Oberschlauer", rief Marianne pöbelnd zurück, „erst rechnen, dann den Mund aufmachen. Mit unserem Lehrer waren wir schon immer dreizehn. Jetzt sind wir vierzehn. Entspann dich."

Der Zurechtgewiesene murmelte noch irgendwas Unverständliches, dann war Sprachpause. Lediglich das Traben von vierzehn Paar Füßen und das Schnaufen der Jogger waren noch zu hören.

Sascha kam aus dem Staunen gar nicht mehr heraus. Marianne hatte sie verteidigt! Und das gar nicht auf eine so vornehme Art und Weise, wie man es bei ihr vermutet hätte. Na ja, wahrscheinlich war sie doch ganz in Ordnung – wenn man mal von ihrem Wecker absah.

Schon nach zehn Minuten spürte Sascha das dringende Bedürfnis, einfach stehen zu bleiben. Die Laufstrecke ging durch den Wald, wobei der Lehrer immer wieder Routen

wählte, die mal bergauf und mal bergab gingen. Ein wenig fiel Sascha zurück, denn zu allem Überfluss hatte sie auch noch Seitenstiche bekommen. Aber sie hielt durch. Fix und fertig erreichte sie mit der Gruppe schließlich wieder den Platz vor dem Internat.

Während alle zügig auf die Eingangstür zusteuerten, blieb Sascha kurz stehen, beugte sich mit einer Hand in die Seite gestemmt vornüber und hoffte, dass durch diese Körperhaltung ihre Seitenstiche weggingen. Mit einem Mal bemerkte sie etwas. Wahrscheinlich wäre es ihr überhaupt nicht aufgefallen, wenn sich nicht das Licht der Morgensonne auf ein Paar Gläsern gespiegelt und so etwas wie einen Lichtblitz erzeugt hätte. Er kam aus einem silbernen Auto, das einige Meter entfernt von ihr auf dem Internatsparkplatz abgestellt war. Jemand saß darin und sah durch ein Fernglas – in ihre Richtung!

Als sich die Eingangstür hinter dem letzten Schüler geschlossen hatte, wurde das Fernglas auf den Beifahrersitz gelegt. Sofort erkannte sie das Gesicht wieder. Es war dieser merkwürdige Mann von gestern, der auf der Bank gesessen hatte. Was wollte der denn hier? Um diese Zeit? Und er hatte schon wieder ein Fernglas dabei! Aber irgendetwas war da noch … Sascha hatte das Gefühl, als hätte sich ein Gedanke in ihrem Gehirn verklemmt. Es war beinahe so, als würde man ein Wort aussprechen wollen, das einem zwar auf der Zunge liegt, aber trotzdem will es einem absolut nicht einfallen.

Immerhin, eins wusste sie: So richtig geheuer war ihr die ganze Sache nicht gerade. Es war sicher besser, wenn sie nicht alleine hier draußen stehen blieb. Kaum hatte sie diesen Gedanken zu Ende gedacht, öffnete sich die Autotür. Sofort drehte sie sich um und war im nächsten Moment im Gebäude verschwunden.

Schnell eilte sie die große Freitreppe hoch und lief in ihr Zimmer. Nach den Geräuschen im Badezimmer zu urteilen, war Marianne schon dabei, sich zu waschen. Schlapp ließ sich Sascha auf einen Stuhl plumpsen. *Au weia,* ging es ihr durch den Kopf, *ich glaube, ich leide unter Verfolgungswahn oder so was. Der Mann im Auto, Herr Röbler … Mal sehen, wen ich als Nächstes verdächtig finde.*

Nachdem sich auch Sascha den frühmorgendlichen Schweiß abgewaschen und gut gefrühstückt hatte, ging es in die Klasse.

„Guten Morgen", grüßte sie ihren Tischnachbarn freundlich, als dieser sich auf den Stuhl neben sie fallen ließ.

„Morgen", knurrte er zurück.

Da Paul keinerlei Anstalten machte, mehr als nur dieses eine Wort hervorzubringen, versuchte Sascha noch einmal, ein kurzes Gespräch anzufangen. „Ich bin heute Morgen noch vor dem Frühstück zusammen mit der Joggertruppe draußen gewesen. Ist das nicht beeindruckend?"

„Und wie!", gab Paul zurück. Sein Tonfall ließ allerdings vermuten, dass ihm nichts gleichgültiger war als diese Information.

Volltrottel!, dachte Sascha und antwortete laut: „Ich muss nicht nett sein. Und schon gar nicht zu dir!"

Überrascht blickte Paul das Mädchen an, doch noch bevor er etwas sagen konnte, ertönte ein kräftiges „Guten Morgen!", das jede weitere Unterhaltung beendete.

Herr Vogel hatte den Raum betreten, stellte sich vor die Klasse und war offensichtlich gewillt, seinen Schützlingen nicht nur beim Dauerlauf das Äußerste abzuverlangen, sondern auch beim Lösen von linearen Gleichungen. Sascha verstand von der ersten Minute an nur noch Bahnhof. Mathe war noch nie ihr stärkstes Fach gewesen. Aber nun musste sie feststellen, dass die Schüler hier offenbar schon mehr Stoff durchgenommen hatten als sie in ihrer alten Schule. Oder lag es etwa daran, dass sie im Unterricht nicht aufgepasst hatte? Zu allem Überfluss fing der

Lehrer auch noch an, Arbeitsbögen zu verteilen, auf denen die fiesesten Aufgaben abgedruckt waren. Sascha hatte das Gefühl, vor ihren Augen führten die Bruchstriche, die Klammern, die Rechenzeichen und die mysteriöse Unbekannte x eine wilde Polonaise auf, die sie schon vom bloßen Ansehen völlig erschöpfte. Unauffällig versuchte Sascha abzuchecken, ob sie die Einzige war, die sich gerade etwas überfordert fühlte. Aber anscheinend konnten die anderen doch irgendetwas mit den Aufgaben anfangen. Mal bedächtig, mal geschwind flogen die Stifte ihrer Mitschüler über die Arbeitsblätter. Sie selbst fing an, ein paar Kringel in die Ecken zu malen, sobald Herr Vogel in ihre Richtung schaute. Schließlich wollte sie nicht, dass er sofort merkte, dass sie eigentlich keine Ahnung hatte.

Nach einer halben Stunde war das Grauen vorbei – dachte Sascha zumindest. Der Lehrer erklärte die Zeit des Kopfzerbrechens für beendet und verzichtete sogar darauf, die Blätter wieder einzusammeln. Doch dann bestimmte er, in welcher Reihenfolge jeder Schüler den anderen seine Lösung erklären musste. Als Erste war Marianne an der Reihe, dann kam Julia, dann Viktor, dann Lena und so weiter. Sascha musste gar nicht auf ihren Bogen schauen, um auszurechnen, dass sie mindestens zweimal drankommen würde …

Mit jedem Klassenkameraden, der aufgerufen wurde, rückte der Augenblick der Schmach näher und näher. Nun war nur noch Nina vor ihr. Wahrscheinlich hatte sie schon einen knallroten Kopf vor Aufregung und ihr war schlecht. Doch dann passierte etwas, was sie im ersten Moment gar nicht richtig begriff. Herr Vogel schien plötzlich ein heftiges Kribbeln in der Nase zu spüren. Zumindest deutete das langgezogene „Haaaa – haaaaaa …“ darauf hin. Als dann das erlösende, lautstarke „… tschi!!!“ kam, hatte Paul völlig unbemerkt von allen anderen seine Aufgabenblätter zu Sascha hinübergeschoben. Dafür lagen nun ihre Aufgaben vor ihm.

„Sehr gut, Nina“, schniefte Herr Vogel. „Und nun Sascha, bitte.“ Völlig verdutzt schaute das Mädchen hinüber zu Paul. Der deutete auf das Papier und meinte: „Lies vor.“

Das alleine hätte schon ausgereicht, um bei Sascha einen bleibenden Eindruck zu hinterlassen. Aber als er dann nach ihr an der Reihe war, präsentierte Paul seinen Lösungsweg so hervorragend, als wären die Blätter vor ihm mit mehr als nur ein paar Kringeln versehen.

Nach dem Matheunterricht hatten sie eine kurze Pause. Vorsichtig schob Sascha Paul seine Blätter wieder hinüber.

„Danke. Das war echt nett von dir.“

Paul winkte ab. „Schon gut.“

Sascha schmunzelte. „Vielleicht bist du ja doch kein Volltrottel.“

„Natürlich bin ich keiner.“ Beinahe sah es so aus, als würde Paul zurückschmunzeln.

Bis zum Mittagessen stand nur noch Englisch auf dem Stundenplan. In dem Fach hatte Sascha allerdings gar keine Probleme. Erleichtert stellte sie fest, dass der Vormittag also keine völlige Katastrophe für sie gewesen war.

Nachdem sie gegessen hatte, kehrte Sascha noch vor allen anderen wieder in den Klassenraum zurück. Jetzt konnte sie sich in aller Ruhe dort umschauen. An der Wand hing eine Landkarte. Ein Stück weiter daneben war eine Fotocollage vom letzten Schulsportfest zu sehen. Und dort in der Ecke stand ein Flipchart, das man auch als Whiteboard nutzen konnte. Gerade eben, als Sascha sich dieses Ding näher angucken wollte, ging die Tür auf. Julia kam herein.

„Lass dich nicht stören. Ich wollte nur mal nachgucken, ob ich meine Kekse vielleicht hier vergessen habe." Julia ging zu ihrem Platz und kramte in einer Plastiktüte, die neben ihrem Tisch stand. „Tataaaa!", rief sie triumphierend und präsentierte die Keksrolle. Dann hielt sie sie Sascha hin. „Willst du auch einen?"

„Nee, danke, ist lieb von dir, aber ich bin noch so satt vom Mittag."

Fröhlich zuckte Julia die Schultern und verließ den Raum mitsamt den Keksen. Gerade eben wollte Sascha ihre Erkundungstour durch das Klassenzimmer fortsetzen, als die Tür sich erneut öffnete. Diesmal war es Paul.

„Oh, hi", begrüßte sie ihn.

„Nanu, du schon wieder?", entgegnete er.

Sascha verschränkte übertrieben die Arme und tat, als wäre sie entrüstet. „Das hört sich ja so an, als würde ich dir nachlaufen. Dabei glaube ich eher, dass du *mir* hinterherspionierst." Sobald sie ihren Satz beendet hatte kam ihr ein Gedanke. Schnell ging sie zum Fenster und sah hinaus.

„Ich glaub's nicht", murmelte sie.

„Wieso, wer ist denn da draußen? Robbie Williams?"

„Nee", meinte sie nun ganz ernst. „Komm mal schnell her und schau mal. Kennst du den Typen da draußen?"

Paul stellte sich neben sie. „Der da auf der Bank sitzt? Weiß nicht. Der hält die Zeitung so, dass ich sein Gesicht nicht richtig sehen kann. Doch – warte, jetzt … Nein, den kenne ich nicht. Wieso willst du das wissen?“

„Weil der schon gestern auf dieser Bank saß.“

„Wahrscheinlich ist das seine Lieblingsbank.“

„Aber wenn du den nicht kennst, dann ist das wohl erst seit ganz kurzer Zeit seine Lieblingsbank. Außerdem ist er vorgestern um Hohenach herumgerannt und heute Morgen, nach dem Joggen, hat er mich mit einem Fernglas beobachtet.“

„Aha.“

„Du glaubst mir wahrscheinlich nicht, was?“

Paul zuckte die Schultern. „Och … eigentlich hört sich das ja ganz abgefahren an. Aber da ich gerade im Klassenraum nebenan den Röbler gesehen habe, wie er am Fenster steht und in die gleiche Richtung rausguckt wie du, glaube ich dir sogar, dass da was ganz Merkwürdiges im Gange ist.“

„Was? Echt? Der Röbler? Nebenan?“

„Ich geh mal rüber und frag ihn, was er da macht.“

„Aber das kannst du doch nicht machen“, meinte Sascha verunsichert.

„Wieso denn nicht?“, gab Paul zurück und war schon zur Tür hinaus. Nur einen Moment später kam er zurück.

„Und? Was sagt er?“

„Ich hab ihn gefragt, was er sich so interessiert anguckt. Und da hat er aus dem Fenster gezeigt und gesagt: ‚Guck mal, wie die Sonne von der Fensterscheibe dort reflektiert wird und auf diese Tanne dahinten scheint. Dadurch ist die unglaublich hell erleuchtet. So ähnlich muss der brennende Baum ausgesehen haben, den Mose in Ägypten gesehen hat.‘“

Sascha lächelte und zuckte die Schultern. „Religionslehrer! Wahrscheinlich sind die im Kopf manchmal mit anderen Dingen beschäftigt als wir."

„Religionslehrer?" Paul runzelte die Stirn. „Na, ich weiß nicht ..."

„Was meinst du damit?"

„Jeder Religionslehrer weiß garantiert, dass Mose nicht einen brennenden Baum gesehen hat, sondern einen brennenden Dornbusch. Und der stand auch nicht in Ägypten!"

Sascha schaute Paul mit großen Augen an. „Wirklich? Und woher weißt du das? Hat euch Frau Schuster das im Unterricht erzählt?"

„Nein", entgegnete Paul entrüstet, „ich habe es von meinem Vater gehört. Mindestens hundert Mal."

Sascha traute ihren Ohren nicht. Was hatte Paul da gesagt? Doch noch bevor sie nachfragen konnte, wurde die Tür schwungvoll geöffnet und Herr Ungrad, der Kunstlehrer, fegte in den Raum.

„Hallo miteinander", rief er und legte eine große DIN-A3-Mappe aufs Lehrerpult. „Warum sind denn die Aquarellfarbkästen noch nicht auf dem Tisch?" Zackig schaute er auf seine Uhr. „Paul, in vier Minuten fängt der Unterricht an!"

„Vier Minuten? So lange noch?", gab Paul mit einem leicht provozierenden Unterton zurück. „Ich muss mich dann mal um meine wichtigen Aufgaben kümmern, die ich als Materialschrankverwalter habe. Also, ich finde, das ist noch beeindruckender, als morgens joggen zu gehen", raunte er Sascha leise mit einem Siegerlächeln zu.

Während Sascha an ihrem Aquarellbild malte, jagten ihr hundert verschiedene Gedanken durch den Kopf. Wenn das hier in diesem Internat so weiterging mit den Merkwürdigkeiten, dann würde es wohl nur ein paar Tage dauern, bis sie verrückt war. Irgendwie musste sie ein bisschen mehr Durchblick kriegen. Am besten fing sie beim Lösen all der vielen Rätsel mit dem vermutlich leichtesten an.

„Um halb fünf im gleichen Aufenthaltsraum wie gestern?“, schrieb Sascha mit ihrem Pinsel auf einen Zettel und schob ihn zu Paul hinüber.

„OK“, pinselte er zurück.

Sascha war ein bisschen früher im Aufenthaltsraum als halb fünf, da sie noch kurz zu Hause anrufen wollte. Vielleicht hatte sie ja Glück und bekam Helen ans Telefon. Dann würde sie mal ein wenig vorfühlen, ob sie schon mit Luisa gesprochen hatte. Und wenn dann noch etwas Zeit übrig blieb, würde sie an Jule und Sina eine SMS schreiben. Anrufen wollte sie nicht so gerne. Schließlich wollte sie nicht schon wieder hören, dass die Freundinnen auch ohne sie gut zurechtkamen.

Eilig tippte sie die PIN-Nummer ein und das Handy piepste betriebsbereit. Nachdem sie die Nummer von zu Hause gewählt und es dreimal geklingelt hatte, nahm tatsächlich Helen den Hörer ab. Allerdings verneinte sie Saschas ungeduldig vorgetragene Frage. Sie hatte noch nicht mit Luisa gesprochen, aber der Monat hätte ja gerade erst angefangen und alle Beteiligten hätten noch ein bisschen Zeit. Außerdem wollte sie gerne ein wenig warten, für den Fall, dass es Sascha *doch* gefallen würde und sie nicht mehr nach Hause wollte …

O Mann, hat diese Helen eigentlich gar keine Ahnung?

Erstens war es Sascha rasend wichtig zu wissen, dass sie in einem Monat minus drei Tagen wieder nach Hause fahren würde. Ohne dieses Wissen würde sie ganz sicher noch nicht einmal die Hälfte der Zeit hier überleben! Und zweitens konnte sie nicht im Entferntesten nachvollziehen, weshalb ihre blöde Kindertante noch immer so etwas Absurdes in Betracht zog, dass es ihr hier gefallen könnte! Deutlich spürte Sascha, wie die Wut wieder in ihr hochkroch. Wahrscheinlich war Helen gar nicht auf ihrer Seite und tat nur so, um sie zu beruhigen.

Nachdem Sascha hörte, dass Luisa noch auf einer Generalprobe zu Weißdergeierwas und somit gerade nicht erreichbar war, beendete sie das Gespräch rasch. Am liebsten hätte sie wieder irgendetwas durch die Gegend gefeuert. Aber der gut sichtbare fette Kratzer im Display hinderte sie daran, dafür erneut das Telefon zu nehmen. Stattdessen trat sie heftig gegen einen Stuhl, der vor ihr stand. Als dieser mit lautem Poltern zu Boden fiel, ging es ihr schon wieder etwas besser. Schnell schrieb sie noch eine SMS an Sina. Wahrscheinlich war Jule auch wieder bei ihr, dann konnte sie die gleich mitgrüßen lassen. Gerade in dem Moment, als sie die Nachricht abgeschickt hatte, kam Paul herein.

„Oh, hübsches Design“, meinte er und zeigte auf das Handy.

„Du meinst den Kratzer? Äh, das ist gestern passiert, als das Ding auf den Fußboden in der Teeküche gefallen ist.“

Paul warf sich schwungvoll auf den Sessel, auf dem er gestern schon gesessen hatte, und blickte Sascha erwartungsvoll an.

Gut, jetzt sollte sie wohl irgendetwas sagen. Leider wusste sie nicht so richtig, wie sie anfangen sollte. Verlegen lächelte sie einfach. Paul stützte seine Ellenbogen auf die Armlehnen, verschränkte die Finger und bewegte seine Daumen, als würde er mit ihnen gymnastische Übungen machen. Sein Gesichtsausdruck wirkte entspannt – um nicht zu sagen: gelangweilt –, während er darauf wartete, dass Sascha etwas sagte.

„Also, ich wollte dir noch mal Danke sagen wegen vorhin“, begann sie stockend.

„Schon okay“, erwiderte er und winkte lässig mit einer Hand ab. „Eine Leidenschaft für Mathematik haben wir also nicht gemeinsam.“

Dies war das Stichwort für Sascha. Erleichtert atmete sie aus. „Was denkst du denn, was Frau Schuster gemeint haben könnte?“

Paul zuckte die Schultern.

„Singt deine Mutter?“, fragte sie vorsichtig.

„Ob sie singt? Ja, regelmäßig einmal in der Woche vormittags. Aber nur dann, wenn die Lieder mindestens hundert Jahre alt sind."

Sascha runzelte die Stirn. „Mindestens hundert Jahre? Was sollen denn das für Lieder sein? Hast du Geschwister?"

„Nein."

„Nein? Ich auch nicht!"

„Oh, wie besonders!", meinte Paul mit einem unüberhörbar ironischen Unterton.

„Ja, ja, schon gut. Äh ... magst du Pferde?"

„Nein! Höchstens als Wurst."

Saschas Blick musste eine Mischung aus purem Entsetzen und Ekel gewesen sein. Und an Pauls schiefem Grinsen merkte sie, dass sie auch noch prompt in seine Provokations-Falle reingetappt war. Warum eigentlich konnten Jungen nicht einfach nur nett sein? Am besten, man ignorierte solche blöden Sprüche.

„Vielleicht ...", begann sie erneut, brach jedoch abrupt ihren Satz ab. „Hast du das eben auch gesehen? War er das?"

Paul nickte, sprang vom Sessel auf, lief zur Tür und schaute auf den Gang hinaus. „Der muss doch hier irgendwo sein!", meinte er, trat auf den Flur hinaus und blickte sich ratlos nach allen Seiten um.

Sascha, die Paul gefolgt war, deutete wortlos auf die Tür neben dem Aufenthaltsraum. Sie war einen kleinen Spalt weit offen. Beim näheren Hinsehen merkte man jedoch, dass sie sich noch leicht bewegte. So, als ob gerade eben erst jemand diese Tür hinter sich zugezogen hätte.

Leise flüsterte Sascha: „Willst du mal nachschauen, ob er da reingegangen ist?"

Paul nickte und schlich sich an die Tür heran. Erwartungsvoll beugte er sich vor. Sein linkes Auge kniff er zu, um mit dem rechten besser durch die schmale Öffnung spähen zu können. Ganz minimal bewegte er seinen Kopf in alle Richtungen, um möglichst gut in den Raum hineinsehen zu können. Gespannt hielt er den Atem an. Doch plötzlich wurde die Tür schwungvoll von innen aufgerissen. Zu Tode erschrocken, wichen die beiden zurück.

„Hier ist sie auch nicht", meinte Herr Röbler, der nun vor ihnen stand und sich ratlos am Kopf kratzte. „Habt ihr Frau Hasser gesehen? Ich suche sie gerade und finde sie nirgendwo. In ihrem Büro ist sie nicht, bei euch nebenan habe ich sie nicht gesehen, hier in diesem Raum ist sie auch nicht ..."

„Vielleicht ist sie ja weggefahren, irgendwas besorgen oder so", meinte Paul, noch hörbar atemlos von dem Schrecken.

Der Lehrer erhob einen Zeigefinger und hielt ihn in die Luft, als würde er gerade die Windrichtung prüfen wollen. „Gute Idee! Dass ich da nicht selber draufgekommen bin. Ich werde gleich mal nachsehen, ob ihr Auto unten auf dem Parkplatz steht. Danke, Kumpel." Damit gab er Paul einen kameradschaftlichen Knuff gegen die Schulter und wandte sich zum Gehen.

Hinter seinem Rücken formte Sascha lautlos das Wort „Kumpel?" und sah Paul kopfschüttelnd mit einem Was-ist-denn-das-für-ein-komischer-Vogel-Gesichtsausdruck an. Der reagierte jedoch gar nicht auf diese Geste, sondern rief stattdessen: „Ach, Entschuldigung, könnten Sie mir auch einen kleinen Tipp geben? So von Kumpel zu Kumpel?"

Herr Röbler wandte den Kopf und sah den Jungen freundlich an. „Weiß nicht. Was willst du denn wissen?"

„Sie als Religionslehrer können mir bestimmt helfen. Also, Frau Schuster hat uns letztens etwas von Jesus und dem Abendmahl vorgelesen. Jetzt wollte ich ein Bild zu der Geschichte malen, habe aber wohl nicht gut genug aufgepasst. Sagen Sie, hat Paulus eigentlich links oder rechts neben Jesus gesessen?"

Der Lehrer rieb sich nachdenklich das Kinn. „Hm, ich habe ja nicht alle Bibelübersetzungen gelesen. Aber ich meine, da steht gar nicht genau drin, wo Paulus gesessen hat. Aber ich kann ja noch mal nachschauen – vorsichtshalber. Ich sag dir dann Bescheid." Herr Röbler nickte dem Jungen zu und ging.

Nach einer gefühlten Ewigkeit ergriff Sascha das Wort: „Ist alles in Ordnung mit dir? Du stehst die ganze Zeit da, sagst keinen Ton und nickst nur lächelnd vor dich hin. Ich will wissen, was los ist."

Paul schlenderte wieder zurück in den Aufenthaltsraum und warf sich zufrieden auf den Sessel. Dann verschränkte er genüsslich die Arme hinter seinem Kopf. „Der ist vielleicht alles Mögliche, aber kein Religionslehrer."

„Was hat er denn diesmal Falsches gesagt?"

„Paulus saß beim Abendmahl weder rechts noch links von Jesus."

Sascha schaute Paul fragend an. „Wo denn dann? Auf seinem Schoß?"

Paul lachte laut auf. „Du bist ja ulkig! Nein, Paulus war beim Abendmahl gar nicht dabei. Und *das* weiß nun wirklich jeder!"

„Ich nicht“, gab das Mädchen trotzig zurück. „Lach mich ruhig aus! Aber … warum weißt du denn so viel über solche Geschichten? Ach ja, dein Vater! Ist der Religionslehrer?“

„Nein.“

„Sondern?“

Als Sascha ihren Mitschüler da auf dem Sessel sah, wusste sie plötzlich, woher der Ausdruck kam: Er wand sich wie ein Aal. Es schien Paul beinahe körperliches Unbehagen zu bereiten, als er schließlich hervorpresste: „Pastor.“

„Nee! Echt?!“

„Ja, echt. Und dein Vater?“

Uppsi, dachte Sascha, *erwischt*. Nun hatte das Unbehagen ihr unerwartet auf die Schulter getippt. Was sollte sie nur sagen? Rasch winkte sie ab. „Ach, der ist nichts Besonderes.“

„Meiner auch nicht“, entgegnete Paul.

„Machst du Witze? Dein Vater ist Pastor! Wenn das nichts Besonderes ist! Und so, wie ich das mitgekriegt habe, hat er dir eine ganze Menge Geschichten von Mose und Jesus und so erzählt. Wahrscheinlich betet ihr auch zu Hause, oder? Das stelle ich mir ganz toll vor. Ich wünschte, ich hätte auch so einen Vater wie du.“

Während Sascha redete, hatte Pauls Gesicht immer mehr rote Flecken bekommen. Dann platzte er lautstark heraus: „Was für einen dämlichen Mist erzählst du denn da?! Du hast ja überhaupt keine Ahnung!“

Völlig erstarrt stand das Mädchen da und traute sich kaum, sich zu regen. Einen so heftigen Gefühlsausbruch hatte sie nun wirklich nicht erwartet. Irgendwie hatte sie immer gedacht, Pfarrer sind ganz nette Menschen. Und wenn man einen ganz netten Menschen zum Vater hätte, dann wäre man bestimmt stolz darauf. Aber offenbar hatte sie falsch gedacht. Und auf einmal fielen Sascha wieder die ihr unbekannten Großeltern ein.

„Ist dein Vater auch so ein Superreligiöser?", fragte sie fast unhörbar leise.

Paul atmete ein paarmal tief durch. Dann entgegnete er: „Superreligiös? Keine Ahnung. Ich weiß nur, dass ich nicht hier sein müsste, wenn mein Vater nicht Pastor wäre und als Missionar nun schon seit drei Jahren versuchen würde, aus Japan einen christlichen Laden zu machen."

„Was macht der?"

„In Japan sind nur ganz, ganz wenig Menschen Christen. Mein Vater ist aber der Meinung, das darf so nicht bleiben. Er sagt immer, dass es nichts Besseres und Wichtigeres gibt, als alles über Gott und Jesus zu erfahren. Deswegen hat er sich meine Mutter geschnappt und ist nach Japan gegangen."

„Und dort wird er nun allen Menschen von Gott erzählen?"

„Er tut jedenfalls so, als ob er das schaffen könnte."

„Warum hat er dich nicht mitgenommen?"

„Weil ich hier zur Schule gehen und fleißig sein soll. Ich soll brav sein, gute Noten haben, später mal studieren und meinem Vater immer große Freude bereiten. Das ist sein Plan für mein Leben. Aber im Moment sitze ich einfach nur in diesem Scheiß-Internat und warte darauf, dass ich zweimal im Jahr für drei Wochen meine Eltern sehen kann, wenn sie Urlaub in Deutschland machen!"

Sascha war erschrocken. Nicht so sehr, weil Paul den letzten Teil seiner Aussage wütend herausgeschrien hatte, sondern weil sie glaubte, er hätte sich soeben ganz schnell und möglichst unauffällig eine Träne aus dem Augenwinkel gewischt. Ein Junge, der weint? Na klar dürfen Jungen das tun. Aber was machte man in so einem Fall dann mit ihnen? Sascha hatte keine Ahnung. Also hatte sie lieber nicht zu genau hingeschaut. Außerdem wäre ihm das sicher peinlich gewesen.

Leise meinte sie: „Wenn du auch nicht gerne hier bist, dann haben wir das gemeinsam."

„Toll!", schnauzte Paul zurück.

Sascha schluckte. Betreten wandte sie den Blick ab und schaute auf ihre Fußspitzen. Nach einem kurzen Moment atmete sie tief durch und sah ihn erneut an. Hm, seit drei Jahren war er nun schon in Hohenach und fand es noch immer schrecklich ... *Und Helen denkt doch wirklich allen Ernstes, dass man sich hier ganz locker in einem Monat so wohlfühlen kann, dass man gar nicht mehr wegwill. Von wegen!*

„Findest du Religion jetzt doof, weil du deswegen deine Eltern nicht mehr so oft siehst?"

„Ja! Ich finde Religion doof, ich finde Japan doof und ich finde Gott doof!"

„Paul!" Sascha hatte das Gefühl, als ob ihr Herz einen Moment aussetzte. „Das darf man doch nicht sagen!"

„Aber wenn es doch so ist!", entgegnete er wütend und stürmte aus dem Raum.

Sie blieb alleine zurück. So was Beknacktes aber auch! Da hatte sie versucht, erste Kontakte zu knüpfen, und dann das! Sie hatte scheinbar genau in Pauls größter Wunde herumgebohrt. Sie hatte ihn sogar dazu gebracht, vor lauter Ärger etwas zu sagen, was man bestimmt nicht laut aussprechen durfte. Sie glaubte zwar nicht, dass er jetzt von einem Blitzstrahl getroffen tot umfallen würde. Aber durfte man so ungestraft sagen, dass man Gott do… na ja, dass man Gott nicht mochte?

Eigentlich hatte Sascha nicht vorgehabt, Frau Schuster heute schon wieder zu besuchen. Sie wollte ihrer Lehrerin nicht das Gefühl geben, dass sie eine lästige Klette wäre, die man nicht mehr loswird. Aber das Gespräch eben hatte sie so sehr aufgewühlt, dass sie ganz nötig mit jemandem reden musste. Am besten natürlich mit jemandem, der genau wusste, ob Gott Paul jetzt ganz doll bestrafen würde oder nicht. *Und was ist mit Herrn Röbler?*, schoss es ihr durch den Kopf. Komisch, wie kam sie denn gerade auf diese Idee? Das wäre ja wohl das Letzte, was sie tun würde! Außerdem kannte der sich offensichtlich gar nicht aus mit dem Fach, das er unterrichtete. Mensch, warum hatte sie mit Paul denn nicht weiter über diesen mysteriösen Lehrer gesprochen?

Apropos gesprochen. Ihr fiel wieder ein, dass sie doch noch mal ihre Mutter anrufen wollte. Als Sascha ihr Handy aus der Hosentasche zog, stutzte sie. Was war das? Das Ding war schon wieder ausgeschaltet. Dabei wusste sie nun wirklich ganz genau, dass sie es angelassen hatte. Anscheinend hatte das Gerät gestern durch den Sturz doch noch mehr abgekriegt als nur diesen Kratzer. Vermutlich wechselte es nicht mehr in den Standby, sondern schaltete sich nach ein paar Minuten gleich völlig aus. Na ja, Hauptsache, sie konnte es überhaupt noch benutzen. Sie würde das gleich mal ihrer Mutter erzählen. Möglicherweise konnte die ja ein neues Handy herschicken. Allerdings würde sie bestimmt jede Menge Vorhaltungen zu hören bekommen, dass sie nicht ordentlich genug mit ihren Sachen umging. Was ja in diesem Fall auch stimmte. Also, sie würde es Luisa irgendwann mal erzählen. Das hatte aber noch etwas Zeit.

Ein kurzer Blick auf die Uhr überzeugte Sascha davon, dass das mit dem Telefonieren jetzt sowieso erst mal warten musste. In zwei Minuten gab es Abendessen.

Als Sascha auf ihrem Weg in den Speisesaal die große Freitreppe hinunterlief, stockte sie plötzlich abrupt.

„Da ist sie ja! Da ist Sascha!", hörte sie jemanden ihren Namen rufen. Sie drehte sich um in die Richtung, aus der die Stimme gekommen war. Dort stand Lena, die mit der einen Hand ihre Nickelbrille auf der Nase hochschob und mit der anderen ausdrücklich auf sie zeigte.

„Hallo! Hören Sie?", rief Lena erneut.

Lenas Blick folgend, sah Sascha gerade noch, wie jemand durch die große Eingangstür aus dem Internatsgebäude verschwand. Wahrscheinlich ein Mann, aber selbst das hatte sie nicht mehr richtig wahrnehmen können. Schnell lief sie die restlichen Treppenstufen hinunter und ging zu ihrer Klassenkameradin.

„Wer war das denn eben?"

Lena schob ihre Brille wieder hoch. „Er hat gesagt, er wäre ein Postzusteller oder so was und wollte etwas für dich abgeben."

„Etwas abgeben? Was denn?"

„Das hier." Lena reichte Sascha einen Briefumschlag. Auf seiner Vorderseite stand gut lesbar: *Sascha Mai.* Mehr nicht. „Erst wollte er wissen, wo du wohnst und wie er dich finden kann. Ich habe ihm gesagt, im 1. Stock, im Zimmer neben der Teeküche. Dann meinte er, das wäre ihm jetzt zu weit und ob ich dir nicht diesen Briefumschlag geben kann."

„Danke", entgegnete Sascha verdutzt und nahm ihr den Umschlag aus der Hand. Lena verschwand in Richtung Speisesaal.

„Eine Briefzustellung abends um 18 Uhr?", hörte Sascha plötzlich Mariannes Stimme hinter sich und drehte sich um. „Na, das kann doch nur eine Todesnachricht oder ein Liebesbrief sein."

Sascha merkte, wie sie eine Gänsehaut bekam. „Was soll das sein?"

„Na, mach doch einfach mal auf! Am besten im Gehen. In einer Minute gibt's Essen."

So schnell, wie es beim Gehen und mit zittrigen Fingern möglich war, öffnete Sascha den Umschlag und zog ein zweimal gefaltetes DIN-A4-Blatt heraus. Während sie sich mit Marianne an den Tisch setzte, las sie leise vor: „Herzlichen Glückwunsch! Du hast bei einem Rätselwettbewerb den 1. Preis gewonnen. Verbringe mit einem Film- oder Fernsehstar deiner Wahl ein ganzes Wochenende! Für nähere Informationen wähle die 0175 – blablabla." Erleichtert atmete sie aus. „Keine Todesnachricht!"

Unwillkürlich ließ sie ihren Blick durch den Speisesaal wandern. Da hinten in der anderen Ecke saß Paul, der trotz seiner unkontrollierten Äußerung vorhin auch noch nicht vom Blitz getroffen zu sein schien. Er schaute nicht zu ihr herüber, aber das hatte sie auch gar nicht erwartet.

„Und ein Liebesbrief ist das auch nicht."

„Ich würde den wegschmeißen", meinte Marianne.

„Warum?"

„Keine Ahnung, er ist irgendwie … merkwürdig. Siehst du hier einen Absender oder irgendeine andere Information über den Wettbewerb? Wahrscheinlich ist das einfach nur so eine Nummer, wenn du die anrufst, dann kostet das irrsinnsviel Geld."

Sascha kratzte sich am Kopf. „Hm, das wäre ja noch nicht mal das Allermerkwürdigste."

„Sondern – was wäre das Allermerkwürdigste?"

„Dass ich nie bei einem Rätselwettbewerb mitgemacht habe."

„Was? Na, dann würde ich den an deiner Stelle erst recht wegschmeißen! Ah, es geht los!"

Sascha faltete den Brief wieder zusammen und steckte ihn in die Hosentasche, während das Abendessen im wahrsten Sinne des Wortes eingeläutet wurde.

Nach dem Essen ging Sascha in ihr Zimmer und schaltete das Telefon wieder ein. Das war ja ganz schön lästig, dass es immer wieder ausging. Eine SMS von Sina und Jule war zurückgekommen. „Waren heut im kino. Cooler film. Daniel radcliffe ist ja soooo süüüüüß!!!! Vermissen dich, hdl - S&J"

„Ja, schön für euch", murmelte Sascha vor sich hin. Dann rief sie nochmals zu Hause an. Gleich nach dem ersten Klingeln war ihre Mutter am Telefon und erkundigte sich, wie der heutige Internats-Tag gewesen sei. Sofort sprudelte das Mädchen los. So dramatisch wie nur irgend möglich berichtete sie von dem megafiesen Lehrer, der sie erst beim Joggen gequält hatte. Gaaanz steile Berge ging es hinauf. Voll schrecklich! Dass sie beim Joggen freiwillig mitgemacht hatte, verschwieg sie lieber. Und dann hatte dieser Kerl sie auch noch mit den allergrausamsten Matheaufgaben, die ganz sicher erst für die achte oder gar neunte Klasse gedacht waren, fertiggemacht! Luisas Kommentar dazu war lediglich, dass es doch sicher nicht ganz so schlimm gewesen sei.

„Sag mal, wann komme ich eigentlich nach Hause?", wechselte Sascha ganz vorsichtig das Thema.

„Du meinst, zum Wochenendbesuch? Na ja, also ich fliege übermorgen nach Wien. Stell dir vor, am Samstag bin ich dort in der Show ‚Stars ohne Ende'. Die wird um 20.15 Uhr live im Fernsehen übertragen! Die haben mich kurzfristig gefragt, weil ihr anderer Showact ausgefallen ist. Großartig, was? Bis Sonntagabend wollte ich bleiben, weil ich mich dort vor Ort noch mit einem Kollegen treffen möchte. Dieses Wochenende wäre also schlecht. Aber nächstes. Wir können dann auch was ganz Tolles unternehmen. Vielleicht möchtest du dir ja schon was Schönes ausdenken."

„Ich könnte doch nach Hause kommen und mit Helen was machen."

„Das ist schlecht. Helen begleitet mich nämlich nach Wien, weißt du? Sie war noch nie da und wollte so gerne mal die Hofburg sehen und Schloss Schönbrunn. Du weißt doch, sie ist ein Sissi-Fan."

„Ich war auch noch nie in Wien", murmelte Sascha traurig.

„Das holen wir nach, mein Schatz. Versprochen!"

„Tschüss", sagte sie nur noch und legte einfach auf. In der gleichen Sekunde wurde die Tür aufgerissen und Marianne stürmte herein.

„Hallo!", rief sie. „Ich wollte nur gerade eben meine Sportschuhe holen. Wir wollen noch eine Runde Volleyball spielen. Möchtest du mitmachen?"

Für einen kurzen Moment war Sascha hin und her gerissen. Sie fühlte sich so traurig und ungeliebt. Am liebsten hätte sie sich in irgendeine Ecke gesetzt, aus der sie nie wieder rauskommen würde. Aber wäre es nicht gerade jetzt gut, einfach rauszugehen zu den Mitschülern, um wieder auf andere Gedanken zu kommen?

„Was ist denn mit deinen Augen los? Die sind ja ganz rot." Marianne beugte sich etwas tiefer zu Sascha hinab, die auf ihrer Bettkante saß. „Hast du geweint?"

„Quatsch! Die brennen nur irgendwie so. Ich weiß auch nicht …"

„Ist schon okay. Damit hatten wir alle zu kämpfen."

„Womit hattet ihr zu kämpfen?“

„Na, mit Heimweh. Das gibt sich aber“, winkte Marianne ab und schnappte sich ihre Sportschuhe.

„Aber nicht bei jedem, oder?“ Sascha dachte an Paul.

„Bei den meisten schon. Spätestens in einem Monat wollen viele hier gar nicht mehr weg.“ Marianne schaute kurz auf ihre Armbanduhr. „Also, ich gehe jetzt rüber zur Sporthalle. Wenn du doch noch Lust haben solltest, dann komm einfach nach, ja?“ Mit diesen Worten war sie wieder aus dem Zimmer verschwunden.

In einem Monat? Mist! Sie wollte sich nicht eingewöhnen! Und wenn es nur deswegen war, weil sie nicht wollte, dass Helen mit ihrer Vermutung recht behielt.

Als Sascha sich langsam von der Bettkante erhob, hörte sie ein leises Rascheln in ihrer Hosentasche. Der Brief! Sie zog ihn heraus und betrachtete ihn skeptisch. Dann legte sie ihn auf ihren Nachttisch. *Vielleicht soll ich doch mal da anrufen und mir ein Wochenende mit meiner Mutter wünschen!*

Eine Viertelstunde verbrachte Sascha damit, von ihrer Bettkante aufzustehen und sich dann doch wieder hinzusetzen. Sie wollte so gerne noch einmal mit Frau Schuster reden. Aber durfte sie die Lehrerin einfach so „überfallen“? Sie hatte doch jetzt Feierabend. Schließlich entschied Sascha, dass Frau Schuster selber schuld daran war, wenn sie jetzt schon wieder vor der Tür stand. Sie hatte doch gesagt, wenn Sascha noch einmal traurig sein sollte, Lust zum Reden oder Appetit auf heiße Schokolade hätte, dürfte sie wieder anklopfen. Alle drei Sachen wären jetzt genau das

Richtige … Als sie hinaus auf den Flur trat, bog die Lehrerin gerade um die Ecke.

„Sascha, schön, dich zu sehen! Wie geht es dir? Magst du für einen Moment hereinkommen?“ Frau Schuster zog einen Schlüssel aus ihrer Tasche, schloss die Tür auf und öffnete sie ganz weit als Zeichen des Willkommenseins.

„Ich wusste nicht genau, ob ich Sie heute schon wieder stören darf“, meinte Sascha, während sie die Wohnung betrat.

„Es gibt eine prima Möglichkeit, so etwas herauszufinden.“

„Und?“

„Frag mich einfach“, entgegnete Frau Schuster mit einem fröhlichen Augenzwinkern. „Ich verspreche dir auch, ganz ehrlich zu sagen, wenn ich gerade keine Zeit habe. Setz dich ruhig, ich komme gleich.“

„Okay.“ Sascha schlenderte ins Wohnzimmer. Schon wieder fühlte sie sich wie magisch von diesem Bücherregal angezogen. Aber diesmal setzte sie sich gleich auf das Sofa, ohne vorher neugierig die Buchrücken zu studieren. Sie wollte möglichst alles vermeiden, wodurch sich ihre Lehrerin genervt fühlen könnte. Dort an der Wand stand noch immer die Truhe. Hatte sie tatsächlich erst gestern hier gesessen? Es war schon wieder so viel passiert in der Zwischenzeit.

„So, da bin ich. Ich habe uns beiden Apfelsaft und Wasser mitgebracht. Nimm dir einfach, was du magst. Oder kann ich dir etwas anderes bringen?“ Die Lehrerin setzte sich in einen der Sessel, deutete jedoch mit ihrer Körperhaltung an, dass sie jederzeit noch einmal aufstehen würde.

„Nein, nein, Apfelsaft ist prima. Ich habe übrigens herausgekriegt, was Paul und ich gemeinsam haben."

„Ja?"

„Ja. Wir beide sind nicht freiwillig hierhergekommen und wären beide lieber wieder bei unseren Eltern – also er bei seinen Eltern und ich bei meiner Mutter."

„Hm-hm", nickte Frau Schuster nachdenklich.

Sascha schaute ihre Lehrerin fragend an. „Oder ... haben Sie das gar nicht gemeint? Ist das etwa nicht das Besondere, was wir gemeinsam haben?"

„Gemeint habe ich tatsächlich etwas anderes. Aber ich finde, was ihr beide da herausgefunden habt, ist auch etwas Besonderes! Du weißt zum Beispiel: Ich bin nicht alleine mit meinem Kummer. Und Paul weiß das jetzt auch. Hilft dir das nicht?"

Sascha schaute nachdenklich an die Zimmerdecke, dann nickte sie. „Ein bisschen schon."

„Siehst du? Und dadurch, dass ihr zwei das Gleiche erlebt, könnt ihr euch gegenseitig viel besser trösten, als es jeder andere könnte. Paul weiß genau, was auch immer du ihm sagst, es ist nicht einfach nur so dahergeredet. Du weißt, wie das ist, wenn man sich alleine fühlt."

„Ich soll Paul trösten? Ich weiß nicht ... Ich glaube, das will er auch gar nicht."

Frau Schuster schmunzelte. „Du musst ihm ja nicht gleich mitfühlend den Arm um die Schulter legen. Sag ihm einfach, wie es dir geht, was dich wütend macht und was du ausprobierst, um mit deiner Situation klarzukommen. Das wird ihm helfen, so wie es dir geholfen hat, als er von sich erzählt hat. Weißt du, was ich meine?"

„Ja, schon. Aber er ist auch immer irgendwie gemein zu mir. Als ich ihn gefragt habe, ob er Pferde mag, hat er gesagt: ‚Ja, als Wurst!' Damit wollte er mich ärgern. Wahrscheinlich mag er mich gar nicht."

„Ist er wirklich immer gemein zu dir?"

„Hm … nee, nicht immer. – Aber an was haben Sie denn nun eigentlich gedacht, das Paul und ich gemeinsam haben?"

Die Lehrerin deutete ein Kopfschütteln an. Dabei lächelte sie so freundlich, dass Sascha sich ohne zu murren dem Schicksal des Noch-immer-nicht-wissen-aber-es-auf-jeden-Fall-herausfinden-Wollens ergab.

„Darf ich Sie noch mal was über Gott fragen?", wechselte Sascha das Thema.

„Das kommt ganz darauf an, warum du mich fragen willst."

Das Mädchen schaute verdutzt. „Äh? Das kapiere ich jetzt nicht. Warum ich das will? Na, weil ich noch so vieles nicht verstehe und es gerne verstehen möchte."

„Ich habe dich nur gefragt, weil du mir gestern erzählt hattest, dass deine Mutter das nicht so toll findet, wenn du etwas über Gott wissen möchtest. Wenn du jetzt deswegen mit mir über Gott und Glauben sprechen möchtest, weil du auf deine Mutter wütend bist und ihr damit eins auswischen möchtest, dann wäre es kein guter Grund für so ein Gespräch. Aber wenn du ehrliche Fragen auf dem Herzen hast, dann darfst du sie mir stellen."

„Hab ich!", nickte Sascha eifrig. „Ich weiß nur nicht, wo ich anfangen soll. Wissen Sie, ich glaube nämlich schon so lange ich denken kann an Gott. Ohne dass mir jemand etwas von ihm erzählt hätte … zumindest erinnere ich mich nicht an so was … Aber trotzdem weiß ich irgendwie, dass es ihn gibt. Ist das nicht komisch?"

„Ich finde das nicht komisch. So etwas kommt vor."

„Echt? War das bei Ihnen auch so?"

„Nein, bei mir nicht. Ich bin in einer christlichen Familie aufgewachsen, die nicht nur viel von einem liebenden Gott geredet, sondern auch entsprechend gelebt hat. Aber ich treffe immer mal wieder Menschen, bei denen ist das auch so wie bei dir. Die haben nie etwas über Gott gelernt, und dennoch wussten sie, dass es dieses allmächtige Wesen gibt und dass es ihr Freund ist."

„Also, das mit dem Freundsein, das wäre schon klasse. Aber im Moment sitze ich hier in diesem blöden Internat und weiß echt nicht, warum Gott nichts dagegen gemacht hat. Vielleicht mag er mich ja doch nicht."

„Warum sollte Gott dich nicht lieb haben? Nur weil deine Mutter eine unverständliche, ärgerliche Entscheidung trifft?"

„Aber er ist doch allmächtig!", gab Sascha zurück. „Warum hat er das dann nicht verhindert? Oder bei Paul zum Beispiel. Da haben ihn die Eltern sogar extra hierhergeschickt, damit sie allen Japanern was von Gott erzählen können. Warum passiert so was?"

Die Lehrerin rieb sich nachdenklich mit einer Hand ihren Nacken. „Warum lässt Gott das zu? Diese Frage haben sich wahrscheinlich das allererste Mal Adam und Eva gestellt. Und bis heute gibt es wahrscheinlich keinen Menschen, für den diese Frage niemals ein Problem gewesen wäre. Ich weiß darauf auch keine Antwort. Alles, was ich weiß, ist, dass wir Menschen Fehler machen. Auch die erwachsenen Menschen. Die machen manchmal sogar ganz besonders schlimme Fehler. Natürlich könnte ein allmächtiger Gott das verhindern. Aber er tut es nicht. Manche sagen, dass er uns nicht seine Wege aufzwingen möchte, sondern unsere Entscheidungen respektiert. Selbst dann, wenn sie falsch sind und andere darunter leiden müssen. Aber ich glaube, das ist nur ein kleiner Teil der Wahrheit."

„Warum erklärt Gott das den Menschen nicht? Ist es ihm denn nicht wichtig, dass wir ihn verstehen?"

Ein Lächeln legte sich auf Frau Schusters Gesicht. „Ich war vorhin mit Frau Hasser kurz in der Stadt. Wir wollten eine Geburtstagskarte für Frau Beyer, die Physiklehrerin, kaufen. Und in dem Kartenständer habe ich eine Karte gesehen, auf der stand: ‚Don't try to understand me, just love me.'"

„Versuch nicht, mich zu verstehen, hab mich einfach nur lieb", übersetzte das Mädchen.

„Richtig! Du bist gut in Englisch, nicht wahr?"

Sascha nickte stolz.

„Diese Karte war natürlich darauf gemünzt, dass Männer gar nicht erst versuchen sollen, ihre Frauen zu verstehen. Im Zweifelsfall schaffen sie das sowieso nicht. Aber das ist auch nicht das Wichtigste. Das Wichtigste ist, dass Männer ihre Frauen lieb haben, auch wenn sie sie nicht verstehen."

„Hm … Meinen Sie damit etwa, dass es nicht wichtig ist, Gott zu verstehen. Wichtig ist es, ihn lieb zu haben?"

Frau Schuster nickte. „Ja, das ist es. Aber das ist natürlich gar nicht so leicht. Das schaffen selbst die Profis im Glauben nicht immer."

„Kann man das denn lernen, Gott lieb zu haben? Oder wie macht man das?"

„Ich denke, der erste wichtige Schritt dahin ist, daran zu glauben, dass er dich liebt, egal, was du tust. Wenn man das irgendwann mal verstanden hat, dann ist das ‚Zurücklieben' auf einmal sehr viel einfacher. Es kann wohl nur der Glaube an seine Liebe sein, der dir die Hoffnung und die Zuversicht im Leben schenkt, dass alles ein gutes Ende nimmt. Egal, wie traurig du gerade bist."

„Ist es denn wirklich so, dass Gott mich liebt?"

„Das ist so. Hundertprozentig."

„Wirklich?"

„Ja."

Einen kurzen Moment grübelte Sascha. Dann fragte sie: „Hat Paulus beim Abendmahl eigentlich links oder rechts von Jesus gesessen?"

Die Augenbrauen der Lehrerin schossen fragend in die Höhe. „Wie bitte? Du machst ja extreme Gedankensprünge! Hab ich dich richtig verstanden? Wo Paulus gesessen hat? Der war beim Abendmahl gar nicht dabei."

„Und der brennende Baum von Mose – wo genau stand der in Ägypten?"

„Was sind das für lustige Fragen? Du meinst sicher den brennenden Dornbusch. Und der stand damals nicht in Ägypten, sondern in der Wüste am Berg Horeb." Erwartungsvoll schaute Frau Schuster das Mädchen an, als ob sie nun dringend auf die Erklärung zu den Fragen warten würde. Sascha jedoch nickte nur zufrieden und meinte: „Alles klar, ich glaube Ihnen."

Sie blieb noch eine ganze Weile bei ihrer Lehrerin sitzen. Es war wirklich spannend, jede Frage, die ihr gerade einfiel, stellen zu können. Und Frau Schuster schien ihre Wissbegierde zu schätzen. Erst ein deutlich vernehmbares Klopfen riss die beiden aus ihrem munteren Reden über Gott, die Welt und das Internat heraus.

„O nein!" Überflüssigerweise schaute die Lehrerin auf ihre Armbanduhr. Sie wusste schon in dem Moment, als es klopfte, genau, wie spät es war: fünf Minuten vor 21 Uhr. „Was bin ich denn für eine Pädagogin!? Da muss mich schon wieder deine Zimmergenossin ermahnen, dass ich dich auch ja pünktlich ins Bett schicke."

Diesmal lief Sascha gleich zur Tür und öffnete. Wie erwartet stand Marianne davor. „Ich hatte es irgendwie im Gefühl, dass ich gleich hier mal nachfragen sollte."

„Marianne Holmes, die Superspürnase", neckte Sascha ihre Zimmergenossin freundlich. „Ich komme sofort."

Marianne salutierte scherzhaft vor ihrer Mitbewohnerin und verschwand im Zimmer nebenan.

„So, morgen lasse ich Sie aber mal in Ruhe."

„Hattest du das Gefühl, dass du mich genervt oder gelangweilt hast?"

„Na ja, eigentlich nicht."

Frau Schuster lächelte. „Na, dann ist es ja gut. Danke für dein Vertrauen. Schlaf gut."

Zum Glück war es zu dieser Jahreszeit um 21 Uhr noch immer hell genug, um das Sich-bettfertig-Machen auch ohne elektrisches Licht einigermaßen hinzukriegen. Aber vielleicht bekam sie ja auch irgendwann mal genug Übung darin und könnte im Guinnessbuch der Weltrekorde einen Eintrag als die schnellste Ohne-Licht-zu-Bett-Geherin bekommen.

Sascha gähnte und streckte sich ganz genüsslich, als sie sich hingelegt hatte. Das Gespräch mit Frau Schuster war mal wieder richtig prima gewesen. Allerdings hatte sie mehr und mehr das Gefühl, dass die Lehrerin einen ganz anderen Gott kannte als die Eltern von Luisa. Oder war es derselbe Gott, und ihre Großeltern hatten ihn nur noch nie richtig kennengelernt? Hatten sie deswegen damals so gnadenlos reagiert, weil sie nicht wussten, was das bedeutet, dass Gott alle Menschen lieb hat?

Als Sascha sich schwungvoll im Bett umdrehte und in

ihre Decke mummelte, hörte sie ein ganz leises Geräusch. Irgendetwas musste der Luftzug, den das Umdrehen verursacht hatte, von ihrem Nachttisch geweht haben. *Der Brief!*, ging es ihr durch den Kopf. Am liebsten hätte sie das Licht doch noch einmal angeknipst und genau hingeschaut. Merkwürdig! Da bekam sie persönlich einen Brief, per Kurier, obwohl sie nie an einem Wettbewerb teilgenommen hatte. Eine Verwechslung konnte es nicht sein, es stand ja ihr Name auf dem Umschlag. *Woher kennt der Absender meinen Namen? Wer hat den wohl geschrieben? Und warum?*

Moment mal! Was hatte Lena vorhin gesagt? *Erst wollte er wissen, wo du wohnst und wie er dich finden kann. Ich habe ihm gesagt: im ersten Stock, im Zimmer neben der Teeküche.* Das hieß, irgendein ominöser Briefbote wusste nun genau, wo ihr Zimmer war!

Saschas Fantasie schlug Purzelbäume. Heiß und kalt lief ihr ein Schauer nach dem anderen über den Rücken. Schließlich schlüpfte sie leise aus dem Bett und schlich zur Zimmertür. Vorsichtig drückte sie die Klinke herunter und zog an ihr. Alles bestens. Marianne hatte – wie immer pflichtbewusst – zur Nacht die Tür abgeschlossen. Das Mädchen atmete erleichtert auf und huschte wieder zurück ins Bett.

Ihr Herz klopfte so sehr, dass sie wahrscheinlich eine ganze Weile nicht einschlafen würde. Ob es ihr half, wenn sie Schäfchen zählte? Ein Versuch konnte zumindest nicht schaden. Sie startete bei 100 und zählte rückwärts. Doch schon bei Schaf Nummer 89 wurde es ihr zu doof. Wie wäre es, wenn sie es mal mit Beten probieren würde, wieder ruhig zu werden? Sie könnte ja einfach mal versuchen, in ihren Gedanken mit Gott zu reden. Ihm einfach was erzählen oder so. Vielleicht konnte sie ihn ja auch bitten, gut auf sie aufzupassen. O ja, gute Idee! Ein wenig kuschelte sie sich noch zurecht in ihrem Bett, dann faltete sie die Hände. *Äh … wie fange ich denn jetzt an? Hm … also …* waren ihre letzten Gedanken, bevor sie einschlief.

In der Nacht war Sascha mehrere Male aufgewacht. Immer nur für kurze Zeit. Oder war sie gar nicht richtig aufgewacht? Hatte sie das nur geträumt, so wie sie von diesen wirren Bildern geträumt hatte? Immer wieder sah sie den Mann, der sie mit einem Fernglas beobachtete. In ihrer nächtlichen Fantasie war es dieser Unbekannte, der Lena den Brief in die Hand gedrückt und sie nach Saschas Zimmer ausgefragt hatte. Und dann war da wieder dieser Bahnhof … dieser kleine Bahnhof, auf dem sie mit Helen stand. Wie in einem Film sah sie das Kindermädchen und sich selber dort auf dem Bahnsteig stehen. „Kuchen oder Eis?“, fragte Helen. Jedes Mal riss der Traum an dieser Stelle ab. Dann hatte Sascha das Gefühl gehabt, aufgewacht und gleich wieder eingeschlafen zu sein. So ging das ein paarmal. Erst träumte sie von dem fremden Mann, dann von dem Bahnsteig, schließlich kam die Frage „Kuchen oder Eis?". Doch plötzlich hörte sie etwas laut scheppern. *Der Mülleimer auf dem Bahnsteig!*, dachte Sascha im Halbschlaf.

Das scheppernde Geräusch des Abfalleimers aus Stahl, der auf dem Bahnsteig entlangrollte, verband sich im Nu mit dem grausamen Weckton von Mariannes frühmorgendlichem Foltergerät. Sascha schreckte auf. Einen Moment saß sie senkrecht und völlig orientierungslos in ihrem Bett. Dann streifte sie sich ihre verwuschelten Haare aus dem Gesicht. Sie fühlte sich wie gerädert. Sollte sie heute tatsächlich noch einmal mitgehen zum Joggen? Langsam erhob sie sich und schlurfte zum Fenster, um einen ersten Eindruck vom Wetter zu bekommen. Obwohl das eigentlich überflüssig war. Ihre Entscheidung, sich gleich wieder hinzulegen, stand schon unumstößlich fest.

Gerade hatte sich Sascha ans Fenster gestellt und verträumt hinausgesehen, als sie plötzlich eine Bewegung im Augenwinkel registrierte. Sie ging so nahe wie möglich mit ihrem Kopf an die Scheibe heran, um wenigstens einen kleinen Teil des Parkplatzes sehen zu können, der an der Stirnseite des Gebäudes lag. Sofort hatte sie das Fahrzeug erblickt, das da eben vorgefahren war. Im nächsten Moment war es schon hinter der Hausecke und damit aus ihrem Blickfeld verschwunden. Ihr Herz klopfte schneller. Sie hatte das Auto gleich erkannt und wusste auch, wer darin saß: der Mann mit dem Fernglas! Dass sie sich jetzt noch einmal hinlegen würde, daran war absolut nicht mehr zu denken.

„Das kann nicht sein. Das ist nicht wahr“, murmelte Sascha leise vor sich hin.

„Doch, leider“, erklang es aus dem Bett gegenüber. Es dauerte noch ein paar Sekunden, dann war Marianne mit einem Satz aus dem Bett gesprungen und eilte energiegeladen zum Fenster hinüber. „Schon wieder müssen wir aufstehen. Na ja, was soll's. Carpe diem!“

„Ja ja“, antwortete Sascha beiläufig. In ihrem Kopf schwirrten tausend Gedanken durcheinander. Das war hier wie in einem schlechten Krimi. Es musste doch irgendeine harmlose Erklärung für diesen Typen geben, der da schon wieder aufgetaucht war.

„Hallo!“ Marianne winkte mit einer Hand dicht vor Saschas Augen, um ihre Aufmerksamkeit zu erregen. „Hörst du mir zu?“

„Was ist?“

„Ich habe dich gefragt, ob du wieder mitkommst zum Joggen.“

„Nee, geh mal allein. Ich bleib lieber hier.“

Marianne zuckte mit den Schultern, drehte sich um und ging zum Badezimmer. „Kondition kannst du aber nur kriegen, wenn du am Ball bleibst.“

Es kam Sascha wie eine Ewigkeit vor, bis Marianne endlich angezogen und aus dem Zimmer raus war. Schnell schnappte sie sich ihr Handy und schaltete es ein. Sie wollte sofort ihre Mutter anrufen, auch wenn es normalerweise um 6.15 Uhr noch viel zu früh dafür war. Natürlich würde Luisa noch schlafen, aber das war Sascha egal. Sie musste unbedingt loswerden, was sich hier Merkwürdiges abspielte. Wenn ihre Mutter nur halb so ängstlich auf all die eigenartigen Vorkommnisse reagieren würde wie Sascha, würde sie ihre Tochter sofort nach Hause holen. Bestimmt! Sascha wählte gleich die Nummer vom Festnetzanschluss, denn das Handy ihrer Mutter war garantiert noch ausgeschaltet. Nachdem es eine ganze Weile geklingelt hatte, nahm Luisa schließlich ab.

„Hallo, ich bin's."

„Sascha! So früh am Morgen rufst du an? Ich habe noch geschlafen. Was gibt es denn? Ist etwas passiert?"

„Ja! Ich … ich weiß nicht genau, wie ich es sagen soll, aber … hier passiert so viel Unheimliches. Ein Mann beobachtet mich hier. Manchmal sogar mit Fernglas. Jetzt ist er schon wieder mit seinem Auto auf den Parkplatz vom Internat gefahren. Ich traue mich gar nicht mehr raus. Du musst mich unbedingt abholen hier. Es ist alles so furchtbar und …!"

„Kleines! Kleines, stopp! Warte mal kurz", unterbrach Luisa ihre Tochter mit sanfter, aber entschiedener Stimme. Auf einmal klang sie gar nicht mehr müde. „Was sagst du? Ein Mann beobachtet dich?"

„Ja."

„Wie sieht er aus?"

„Äh … er ist groß, glaube ich. Nicht dick. Keinen Bart und keine Brille. Die Haare sind dunkel und kurz. Mehr fällt mir gerade nicht ein."

Einen Moment schien Luisa am anderen Ende der Leitung zu überlegen. „Sieht er so aus wie der Mann auf dem Bahnsteig?"

„Der Mann auf dem Bahnsteig?" In ihren Gedanken

hörte Sascha plötzlich wieder das Geräusch des scheppernden Mülleimers. Das war es! Das war der Gedanke, der ihr die ganze Zeit nicht einfallen wollte. Diesen Mann hatte sie das erste Mal am Bahnhof gesehen, als er den Abfalleimer umgestoßen und einfach liegen gelassen hatte.

„Ja, genau das ist er! Aber woher weißt du von dem Mann am Bahnhof?"

„Helen hat mir erzählt, dass er da war."

Sascha glaubte, sich verhört zu haben. „Was? Wie? Warum hat …? Hä?", stotterte sie verwirrt.

Luisa atmete tief durch. „Ach, ich hätte es dir doch sagen sollen. Aber ich dachte, du bekommst von all dem vielleicht nichts mit. Das hätte ich mir so gewünscht. Gut, pass auf. Es klingt jetzt möglicherweise ein wenig aufregend für dich, aber das ist es nicht. Bleib ganz ruhig, ja?"

„Was denn?!", rief das Mädchen ungeduldig.

„Dieser Mann, der dich die ganze Zeit beobachtet, ist da, um dich zu beschützen."

„Wiiiiie bitte?!"

„Er ist verdeckter Ermittler einer Sonderkommission der Polizei und ist mit der Vereitelung von Straftaten befasst."

„Mit was ist der befasst? Wieso Straftat? Hast du Angst, dass ich etwas anstelle?"

„Nein." Luisas kurzes Auflachen klang bedrückt. „Er hat ernsthafte Hinweise bekommen, dass es jemanden gibt, der dich unter Umständen entführen will, um ein Lösegeld von mir zu verlangen. Du darfst dir aber bitte, bitte keine Gedanken machen. Er hat mir gesagt, dass sie den Kerl schon fast geschnappt haben. Und außerdem ist Herr

Fischer – so heißt der Ermittler – immer in deiner Nähe. Wie du ja schon festgestellt hast. Er wird auf dich aufpassen."

„Das glaube ich nicht! Du schickst mich weg von dir, obwohl ich in Gefahr bin?", rief Sascha aufgewühlt.

„Ich habe dich nicht weggeschickt, obwohl du in Gefahr bist, sondern *weil* du in Gefahr bist, verstehst du? Hier in Berlin, wo dieser Kriminelle sich scheinbar gut auskennt, hätte er dich jederzeit schnappen können. Und ich konnte doch nicht 24 Stunden am Tag Helen dazu verpflichten, an deiner Seite zu bleiben. Wenn das überhaupt etwas genützt hätte. Aber jetzt bist du im Internat. Ganz bestimmt hat dieser Entführer keinen blassen Schimmer, wo du nun bist. Dass du noch Personenschutz bekommst, ist eine reine Vorsichtsmaßnahme. Wirklich, du brauchst keine Angst haben. Du bist ganz sicher. Jeden Abend ruft mich Herr Fischer an und berichtet mir, dass alles bestens läuft. Es dauert nur noch ein paar Tage, höchstens zwei, drei Wochen, hat er mir gesagt, dann haben sie ihn."

„Und wenn sie ihn haben …", sie traute sich kaum weiterzusprechen, „… kann ich dann wieder nach Hause kommen?"

„Natürlich! Ich freue mich so, wenn du wieder hier bist."

„Aber es kann ja auch sein, dass ich mich nach den zwei, drei Wochen so gut eingelebt habe, dass ich hier gar nicht mehr wegwill." Sascha hatte keine Ahnung, was sie da soeben geritten hatte. Die ganze Zeit hatte sie gebangt und gehofft, schnell wieder nach Hause zu kommen. Sogar eben noch, als sie ihre Mutter gefragt hatte, da hatte sie befürchtet, sie könnte Nein sagen. Hatte sie aber nicht. Stattdessen hatte sie vielmehr durchscheinen lassen, dass sie sich selber sehr wünschte, ihre Tochter wieder bei sich zu haben. Und nun? Es war beinahe so, als ob in Sascha ein kleines gehässiges Wesen steckte, das es genoss, ihrer Mutter mit dieser Bemerkung vielleicht eins ausgewischt zu haben.

„Lass uns später darüber noch mal reden, mein Schatz. Ich bin jetzt erst einmal erleichtert, dass du Bescheid weißt. Ständig habe ich mir Gedanken gemacht, ob es richtig war, dir nichts davon zu sagen. Aber wie gesagt, ich hatte gehofft, dass der ganze Spuk an dir vorbeigehen würde, ohne dass du etwas mitbekommst. Das hätte dir viel Aufregung erspart."

„Dann sag mal deinem Fischer-Mann, er soll sich beim Beobachten etwas unauffälliger verhalten. Sonst kriegt ja selbst ein Blinder mit einem Krückstock mit, dass der Typ ihn überwacht."

„Sag du es ihm doch", gab Luisa in einem scherzhaften Ton zurück. „Er ist ja ganz in deiner Nähe. Und übrigens: Wenn dir irgendetwas Verdächtiges auffällt, dann sag es ihm bitte gleich. Bleib tapfer. Ich hab dich lieb, Kleines."

„Ich dich auch."

Als Sascha das Gespräch beendet hatte, fühlte sie sich wie erschlagen. Was waren das für unheimliche Neuigkeiten! Sie war in Gefahr – oder zumindest war sie in Berlin in Gefahr gewesen. Und dieser Typ da draußen war gar nicht ein Böser, sondern ihr Aufpasser. Wie sonderbar. Wahrscheinlich kam der Brief gestern tatsächlich von ihm, um von Lena erfahren zu können, wo Saschas Zimmer war, damit er sie noch besser beschützen konnte. Kein Wunder, dass ihr Name auf dem Briefumschlag stand. Dieser Herr Fischer kannte ihn ja logischerweise. Und nun war es ihr auch klar, weshalb Helen sich auf diesen Handel eingelassen hatte, dass Sascha wenigstens einen Monat im Internat durchhalten sollte, bevor sie wieder nach Hause durfte. Auch Helen rechnete damit, dass in einem Monat die Luft in Berlin für Sascha wieder rein war.

Sascha hatte das Gefühl, gleich platzen zu müssen, wenn sie nicht sofort mit jemandem über das alles sprechen konnte. Aber mit wem sollte sie sprechen? Frau Schuster? Irgendwie hatte Sascha das Gefühl, dass sie nicht die Richtige war. Frau Hasser vielleicht? Auch nicht. Zu der hatte sie ja nun gar keinen Draht. Und Marianne? Nee. *Paul!*, schoss es ihr durch den Kopf. Der wäre genau der Richtige. Er hatte ja auch schon solche Verfolgungstheorien gehabt, so von wegen: „Herr Röbler belauscht dich."

Herr Röbler … Jetzt, wo sie wieder an ihn dachte, nahm das Ich-platze-gleich-Gefühl dramatisch zu. Schnell lief sie ins Badezimmer, wusch sich eilig, zog sich an und huschte in dem Moment aus dem Zimmer, als Marianne mit rotem Kopf und verschwitzter Stirn vom Joggen zurückkehrte.

Nachdem Sascha die Treppen bis zum dritten Stock, der Jungen-Etage, hochgerannt war, blieb sie auf dem Flur stehen. *Was mache ich hier eigentlich? Ich weiß nicht mal, in welchem Zimmer Paul zu finden ist … Und einfach reinspazieren, das ist ja nun völlig ausgeschlossen. Wahrscheinlich ist er gerade aufgestanden und zieht sich an.*

„Na, junge Dame, wen suchen wir denn?"

Sascha wandte den Kopf zur Seite. Herr Ungrad, der Kunstlehrer, hatte sie erblickt und kam auf sie zu. „Ich ... och, eigentlich niemand Bestimmten."

„Nein?", fragte er mit hochgezogenen Augenbrauen. Sein Blick war so provozierend, dass Sascha ihm am liebsten gegen das Schienbein getreten hätte. Hatte der ein Glück, dass er ihr Lehrer war!

„Doch", gab sie zögernd zu, „um ehrlich zu sein: Ich dachte, ich schaue einfach mal, ob mir nicht zufällig Ihr Materialschrank-Chef über den Weg läuft."

Wortlos drehte sich der Lehrer um und ging den Flur entlang. Sascha dachte schon, er würde sie einfach ignorieren, aber dann sah sie, wie er vor einer Tür stoppte und mit der Faust zweimal heftig dagegenklopfte.

„Paul!", rief er, während Sascha heftig gestikulierte, dass er doch bitte sofort aufhören sollte. Aber Herr Ungrad dachte überhaupt nicht daran. Grinsend ergänzte er: „Damenbesuch! Komm mal raus aus deiner Höhle!"

„O nein", flüsterte Sascha leise. Ihr Kopf war sicher so knallrot wie eine Tomate. Das sah man bei ihren blonden Haaren auch noch besonders deutlich. Wie peinlich! Jetzt könnte sich zur Abwechslung mal der Boden auftun.

„Was ist denn?" Paul streckte seinen Kopf zur Tür heraus und der Lehrer deutete auf Sascha. Doch sehr zu ihrer Verwunderung hob er nur grüßend seine rechte Hand und meinte: „Einen Moment. Ich komme gleich."

Tatsächlich dauerte es nur einen kurzen Moment, bis er aus seinem Zimmer herauskam.

„Wolltest du mich zum gemeinsamen Frühstück abholen?", stichelte er freundlich, während er auf sie zukam.

„Eigentlich nicht. Ich hoffe, du bist nicht mehr böse wegen gestern.“

„Nein.“ Paul schaute sie fragend an. „War’s das jetzt oder wolltest du noch was anderes von mir?“

„Ich brauche jemanden, der mir mal zuhört und einen Tipp gibt, was ich jetzt machen soll und überhaupt …“, sprudelte es aus Sascha heraus.

„Und da kommst du gerade zu mir? Hast du keine Freundin, die du anrufen kannst?“

„Ich habe mehr Freundinnen, als du dir vorstellen kannst“, gab sie pampig zurück. Dann jedoch fuhr sie in einem versöhnlicheren Tonfall fort: „Die kann ich aber deswegen nicht anrufen, die verstehen das sicher nicht so gut wie … na ja, wie du wahrscheinlich.“

Paul lehnte sich lässig gegen die Wand und steckte seine Hände in die Hosentaschen. „Okay, lass hören.“

Wie ein Wasserfall sprudelte Sascha los und erzählte Paul von dem Telefonat mit ihrer Mutter. Fast wörtlich versuchte sie, den Dialog wiederzugeben, während Pauls Augen immer größer wurden. Mehr und mehr Schüler liefen derweil an ihnen vorbei, von denen die beiden kaum eine Notiz nahmen. Erst als Viktor, Pauls Zimmergenosse, ihm auf die Schulter schlug und im Vorübergehen rief: „Frühstück nicht vergessen!“, setzten sich auch Sascha und Paul langsam in Bewegung. Im Speisesaal suchten sie sich einen Tisch, an dem sie einigermaßen ungestört weiterreden und nebenbei frühstücken konnten.

„Das ist ja der Hammer!“, meinte Paul schließlich. „Jetzt musst du mir nur noch verraten, warum ausgerechnet dich jemand entführen sollte.“

Nachdem das Mädchen ihm den hochheiligen Schwur abgenommen hatte, niemandem in diesem Internat zu verraten, was sie ihm gleich erzählen würde, berichtete sie schließlich auch noch davon, wer ihre Mutter war.

„Krass! Ich fass es nicht!"

„Was hältst du von dieser Sache?", fragte Sascha.

„Ich muss das erst mal sortieren", gab Paul zurück. „Dass es so was in echt gibt … irre!"

„Was ich bei dem Ganzen noch nicht klarkriege, ist, was ich nun von dem Röbler halten soll. Meinst du, der könnte was mit der Sache zu tun haben?"

Paul kratzte sich am Kopf. „Hm … ich denke schon. Der kommt in dem Moment an dieses Internat, wo du hier auftauchst. Ein Religionslehrer ist er definitiv nicht. Er belauscht deine Gespräche, wenn er kann, und ist immer irgendwie in deiner Nähe. Weißt du, was ich glaube?"

Sascha schüttelte den Kopf, obwohl sie ahnte, was sie gleich hören würde.

„Das ist der Typ, den sie suchen. Er versucht, nur den richtigen Augenblick abzupassen, dass er dich allein zu fassen kriegt, und dann verschleppt er dich."

„Verschleppt?!"

„Ich meine: entführt."

„O mein Gott", murmelte Sascha. „Was mache ich denn jetzt?"

„Hallo, ihr zwei!" Erschrocken fuhren Sascha und Paul zusammen. Vor ihnen stand, ohne dass sie sein Kommen bemerkt hatten: Herr Röbler. Seine dunklen, wirren Haare schienen heute besonders zerzaust zu sein. Mit wachen Augen sah er Sascha an. „Du warst ja heute gar nicht beim

Joggen. Schade. Mach das ruhig weiter. Ein bisschen Sport schadet nie.“ Mit diesen Worten drehte er sich um und ging an den Lehrertisch hinüber.

„Woher weiß der, dass ich heute nicht beim Joggen war?“, flüsterte sie.

„Ich wette, der hat gehört, dass du gestern dabei warst. Also wollte er heute mitlaufen und einen Moment abpassen, wo ihr durch den Wald lauft und er dich dann wegfangen kann.“

„O Mann, ich krieg ’ne Gänsehaut! Weißt du, wenn das Spaß wäre, dann wäre das ja alles ganz lustig, aber im Moment ist mir irgendwie schlecht.“ Sascha legte ihre Brötchenhälfte, von der sie erst dreimal abgebissen hatte, wieder zurück auf den Teller. „Also, hier noch mal meine Frage: Was mache ich jetzt?“

„Am besten ist es wohl, wenn du bei jemandem in der Nähe bleibst. Wenn du nicht alleine bist, dann wird das für den Röbler schwer, dich einfach so zu schnappen. Und mit zwei Teenies auf einmal wird der nicht fertig – wenn er nicht gerade vorhat, jemanden zu erschießen oder so. Wie wäre es denn, wenn du dich bei Marianne einklinkst? Die passt auch sicher gut auf dich auf. Du musst ihr ja nicht verraten, warum du nicht von ihrer Seite weichst.“

Sascha schüttelte den Kopf.

„Oder du sagst Frau Schuster Bescheid. Die wohnt doch gleich neben dir.“

Erneut deutete sie ein Kopfschütteln an.

Paul dämmerte, was Sascha im Sinn hatte. „Nee, oder? Du meinst doch nicht etwa …?“ Dabei zeigte er auf sich.

Sascha zuckte unentschlossen mit den Schultern. Dann nickte sie zaghaft.

Irritiert sah sich Paul im Speisesaal um. Sascha folgte seinem Blick und registrierte, dass alle vom Mädchentisch ihrer Klasse zu ihnen herüberschauten und dabei tuschelten und kicherten.

„Wieso ich?"

„Ey, ich glaube es nicht! Ihr Jungs guckt euch pausenlos James Bond, Superman und so 'nen Kram an, aber wenn man mal einen Helden braucht, dann soll man sich doch lieber an die Klassenkameradin wenden, oder wie?"

„Du kannst doch nicht die ganze Zeit hinter mir herlaufen. Das geht nicht."

„Glaubst du, dass ich das wirklich will?", schnauzte Sascha beleidigt. „Keine Bange, ich rücke dir schon nicht zu nahe auf die Pelle. Aber ich würde wenigstens mal mit jemandem darüber reden können. Und ich will das Gefühl haben, dass es jemandem auffällt, wenn ich verschwunden bin. Kannst du damit leben?"

Paul versuchte, ein versöhnliches Lächeln zustande zu bringen. „Na, geht gerade so."

„Blödmann", gab sie mit einem Lächeln zurück.

„Und – war dein Frühstück nett?", fragte Marianne spitz, als sie und Sascha nach dem gemeinsamen Mittagessen ihr Zimmer betraten. Der Vormittag hatte sich irgendwie endlos hingezogen. Selbst mit der allergrößten Kraftanstrengung hatte es Sascha nicht geschafft, dem Unterricht länger als ein oder zwei Minuten am Stück zu folgen. Schon waren ihre Gedanken wieder bei dem, was sie heute Morgen erfahren hatte.

Als es dann endlich zum Mittagessen läutete, war das die absolute Befreiung für sie. Zwar hätte sie furchtbar gerne wieder mit Paul an einem Tisch gesessen, um über das weitere Vorgehen zu reden, aber aus taktischen Gründen setzte sie sich doch lieber zu den Mädels. Das Gekicher und die Blicke beim Frühstück waren schon blöd genug gewesen.

„Ging so", antwortete sie, während sie die Tür hinter sich schloss.

„Ging so? Ihr beide habt ausgesehen, als würdet ihr euch sehr intensiv über etwas unterhalten."

„Und wahrscheinlich willst du jetzt gerne wissen, worüber."

„Na klar!", nickte Marianne eifrig. „Ich wette, er hat dir gesagt, dass er dich mag."

„Nein."

„Dann hast du ihm gesagt, dass du ihn magst."

„Erst recht nicht!"

„Ihr habt euch also nicht befreundet und seid jetzt nicht zusammen?"

„Naaaaaaiiiiiiiin! Manno, ich habe mich nur ganz normal mit ihm unterhalten. Nichts weiter. Er hatte mir von dem Stress mit seinen Eltern etwas erzählt und ich habe ihm gesagt, was bei mir und meiner Mutter los ist. Er ist nämlich auch nicht freiwillig hier, weißt du? Wir sind Leidensgenossen. Mehr nicht!"

Marianne grinste. „Na, das kann sich ja noch ändern."

„Ich hau' dir gleich eine", meinte Sascha, halb im Spaß und auch ein winzig kleines bisschen im Ernst.

„Ich höre ja schon auf. Aber wie wäre es denn, wenn du deine Aggression beim Basketball abbauen würdest? Ich gehe runter und spiele eine Runde. Wenn du magst, kannst du gerne mitkommen."

„Bisher habe ich immer gedacht, ich wäre kein Sportmuffel, aber im Vergleich zu dir bin ich ja sogar Anti-Sportler! Morgens joggst du, nach dem Mittagessen ist Basketball angesagt, vor dem Abendessen die Schwimmstaffel und nach dem Abendessen Volleyball. Das ist doch nicht normal! Bist du denn niemals zu faul, zu vollgefuttert oder zu müde für so was?"

Marianne antwortete wie aus der Pistole geschossen: „Nein. Körperliche Betätigung ist insbesondere für Heranwachsende elementar wichtig. Sie stärkt die Knochen, festigt Muskeln und Gelenke und verbessert deine Widerstandskraft und Ausdauer. Das Risiko von Krankheiten wird gemindert und dein Gehirn mit mehr Sauerstoff versorgt. Dazu ist Sport auch psychisch wertvoll. Niedergeschlagenheit und Angstzustände werden wirksam bekämpft, sodass sich eine gute Stimmung und ein Gefühl des Wohlbefindens verbreiten können."

„Hast du das auswendig gelernt?", fragte Sascha baff.

„Nö, wieso? Aber ich merke schon, ich werde wohl wieder alleine gehen."

„Ach, halt, warte mal kurz. Wer war eigentlich heute Morgen beim Joggen dabei?"

„Die üblichen dreizehn. Wieso fragst du?"

„War der Röbler nicht mit dabei?"

„Nein, beim Laufen nicht. Aber irgendwie war das schon komisch. Er kam im Sportdress zu unserem Treffpunkt, hat sich umgeschaut, und als wir dann losgerannt sind, ist er einfach dageblieben. Der hatte wohl spontan keine Lust mehr."

Und ich weiß auch warum, dachte sich Sascha.

Als Marianne das Zimmer verlassen hatte, ging Sascha wieder hinüber zum Fenster und sah hinaus. Sie schaute nach links und rechts, aber nirgendwo konnte sie diesen Herrn Fischer entdecken. Eigenartig. Heute Morgen hatte sie noch Angst gehabt, als sie ihn sah, und nun war ihr unwohl, weil sie ihn gerade nicht sehen konnte.

Rasch wandte sie sich um und ging zur Zimmertür hinüber. Sie würde einfach mal rausgehen und die Lage checken. Nur dem Röbler, dem wollte sie nicht über den Weg laufen – und schon gar nicht alleine. Schwungvoll öffnete sie die Tür und stand plötzlich vor Paul. So wie er gerade dastand, erinnerte er sie an ein Bild. Das hatte sie mal in einer Zeitung gesehen und war mit „der sozialistische Gruß" unterschrieben. Allerdings hatte er sicher nicht die Absicht gehabt, Sascha sozialistisch zu grüßen. Wahrscheinlich wollte er gerade anklopfen, als sie die Tür aufriss.

„Paul! Hi! Wolltest du mich besuchen?“

„I wo, ich stehe einfach nur so rum und halte meine Faust hoch.“

Sascha musste lachen. „War eine doofe Frage von mir. Ich wollte gerade eben noch ein bisschen rausgehen an die frische Luft. Kommst du mit?“

Paul deutete ein Nicken an.

Gemeinsam gingen sie den Flur entlang, die große Treppe hinunter und verließen das Gebäude durch den Haupteingang. Sascha blieb auf dem oberen Absatz der Außentreppe stehen und schaute sich noch einmal um.

„Kannst du den Herrn Fischer sehen?“

„Wen?“

„Den Polizisten, der auf mich aufpassen soll.“

„Das war der Typ, den ich gestern auf der Bank vor unserem Klassenzimmer gesehen habe, nicht wahr?“ Paul betrachtete die Umgebung noch einmal ganz genau. „Ich glaube, dahinten ist er, oder?“

Sascha folgte seinem ausgestreckten Arm mit ihrem Blick. Tatsächlich. Dort hinten, an einer scheinbar abgeschlossenen Tür zum Geräteschuppen, sah sie ihn, wie er an der Klinke rüttelte. Unauffällig schaute er nach links und rechts. Hatte er Sascha bemerkt? Schnell schlüpfte er um den Geräteschuppen herum und war wieder verschwunden.

„Okay, er ist noch da.“ Erleichtert setzte sie sich auf die oberste Treppenstufe und blinzelte in die Sonne.

Paul setzte sich neben sie. „Ist dein Vater eigentlich auch Sänger?"

„Was? Wie kommst du denn darauf?"

„Na, du heißt doch Mai. Ich dachte, wenn schon deine Mutter prominent ist, dann ist es dein Vater möglicherweise auch. Und vielleicht ist er sogar dieser Reinhard."

„Reinhard?", grübelte Sascha. „Ach so, du meinst Reinhard Mey! Ich lach mich tot. Nee, der ist doch nicht mein Vater. Der wird auch ganz anders geschrieben. Mit e-y. Ist ja witzig, dass du den auch kennst. Ich dachte, nur meine Mutter hört zu Hause so 'nen uncoolen Kram."

„Der ist doch nicht uncool! Der macht voll intelligente und auch lustige Texte. Ich finde den super. Und meine Oma auch."

„Du hast eine Oma? Oh, ich beneide dich. Ist die nett?"

„Ja, total. Hast du denn keine Oma mehr?"

„Nee, nicht so richtig. Also, eigentlich nicht. Bist du oft bei deiner Oma?"

„Zu der fahre ich immer in den Ferien." Pauls Stimme klang mit einem Mal so anders, dass Sascha erstaunt den Kopf wandte und ihn neugierig ansah.

„Immer dann, wenn deine Eltern nicht kommen können?"

„Das geht dich nichts an!"

Einen Moment lang schwiegen beide. Irgendwo in der Nähe zirpte eine Grille in der warmen Mittagssonne.

„Meine Mutter heißt eigentlich Maio. Das ist eine Abkürzung des italienischen ‚maggio', das heißt auf Deutsch: Mai. Als sie nach Deutschland gekommen ist, hat sie das o bei den Behörden einfach weggelassen. Frag mich nicht, wieso das geht. Aber seitdem heißt sie – und ich auch – ganz offiziell Mai. Sie hat mal gesagt, dass sie das machen wollte, um ihren alten Familiennamen wenigstens ein bisschen ablegen zu können. Ihre Familie hat sie nämlich verstoßen, weil sie mit gerade erst achtzehn schwanger geworden ist. Und das auch noch von einem Mann, der mit einer anderen Frau verheiratet war. Kannst du dir vorstellen, was das für meine mega-religiösen Großeltern bedeutet hat?“

„Mega-religiös? Oh-oh! Ja, kann ich sehr gut!“

„Deswegen habe ich zwar eine Oma, wahrscheinlich sogar zwei – und habe irgendwie doch keine.“

„O Mann, das ist ja voll daneben! Das tut mir echt leid für dich.“ Pauls Blick drückte mindestens so viel Mitgefühl aus wie seine Worte. Dann pflückte er einen Grashalm, der zwischen den Steinstufen der Treppe gewachsen war, und drehte ihn zwischen Daumen und Zeigefinger hin und her. Sascha hörte, wie er ganz tief durchatmete.

„Ja, stimmt, immer wenn meine Eltern nicht in Deutschland sind, bin ich bei meiner Oma. Die ist wirklich schwer in Ordnung. Jedes Mal denkt sie sich tolle Sachen für mich aus und unternimmt ganz viel mit mir. Sie sagt, sie will mich für das entschädigen, was meine Eltern mir nicht geben.“

„Klingt ja nicht so, als wäre sie begeistert, dass deine Eltern in Japan sind.“

„Ist sie auch nicht.“

„Ist sie etwa nicht religiös? Will sie nicht, dass die Japaner christlich werden?“

„Doch, schon. Aber sie meint, dass Gott sich mehr darüber freuen würde, wenn sich meine Eltern um mich kümmern würden, als wenn sie sich um Tausende von Japanern kümmern."

Sascha stützte ihre verschränkten Unterarme auf die Knie und wandte sich ein wenig mehr zu Paul hin. „Klingt für mich nach dem Gott von Frau Schuster."

„Hä? Wieso der Gott von Frau Schuster?"

„Also, wie soll ich das erklären? Frau Schuster hat mir gestern und vorgestern viel von Gott erzählt, und dass er ein freundlicher Gott ist und so. Aber bisher habe ich – wenn überhaupt – meine Mutter nur von einem grausamen Gott reden hören. Einer, dem das Leid der Menschen egal ist. Hier ist also ein Gott, der gut ist, und dort einer, der fies ist. Und das, was du gerade von deiner Oma erzählt hast, hört sich für mich so an, als würde sie auch den guten Gott kennen."

„Aber es gibt doch nur einen Gott!"

„Und welcher ist dann echt? Oder ist er mal lieb und mal böse? Du selber hast doch auch gesagt, dass Gott … also dass du ihn nicht magst, weil er dir deine Eltern weggenommen hat."

Entschlossen schnipste er den Grashalm weg. „Du wolltest doch so gerne herausfinden, was wir beide gemeinsam haben. Vielleicht finden wir es ja heraus. Frag mich doch mal nach meiner Lieblingsautomarke oder nach meinem Lieblingsfußballverein."

„Du hast recht, es geht mich nichts an. Und wenn du das möchtest, dann verspreche ich dir, dass ich nie wieder mit dir über irgendetwas Religiöses oder deine Eltern oder beides reden werde."

Paul schaute ungerührt vor sich hin, als hätte er eben nichts gehört.

„Soll ich es versprechen?"

„Also, ich mag ja gerne Porsche und Bayern München."

„Ey, du lenkst ab! Glaubst du, das merke ich nicht? Ich bin doch nicht blöd. Sag einfach, dass ich dir das versprechen soll, und dann ist gut."

Erneut kam keine Reaktion von ihm. Hieß das nun, dass sie es ihm versprechen sollte? Oder nicht? Oder wie?

„Ich kann mit Autos und Fußball gar nicht so viel anfangen." Sascha spürte förmlich seine Erleichterung, dass sie sein Ablenkungsthema aufgegriffen hatte. „Dann haben wir also das nicht gemeinsam. Bist du vielleicht auch in Hannover geboren worden?"

„Nein."

„Sondern?"

„In Brasilien." Als Saschas Augen sich fragend weiteten, schienen bei Paul plötzlich alle Dämme zu brechen. „Jawohl, das ist ein sehr ungewöhnlicher Ort. Stimmt, meine Eltern waren damals in Südamerika als Missionare unterwegs. Richtig, auch dort haben sie es nicht geschafft, alle Indios zu bekehren. Genau, weil ich geboren wurde, sind sie schließlich wieder nach Deutschland zurückgekommen. Nein, warum sie der Meinung waren, dass Gott sie wieder wegschicken will und sie mich aber zurücklassen sollen, weiß ich nicht. Ja, ich bin sauer auf Gott, weil er das nicht verhindert hat. Sonst noch Fragen?"

Völlig überrumpelt schüttelte Sascha den Kopf.

„Hast du dein Handy dabei?" Wortlos zog Sascha ihr Telefon aus der Hosentasche und hielt es Paul verunsichert hin. „Können wir vielleicht unsere Nummern austauschen? Guck nicht so! Das ist nur für den Notfall."

Sascha nickte leicht benommen. „Ja klar, gute Idee."

Nur einen Moment später hatten die beiden die Nummer des jeweils anderen in ihr Handy eingetippt. Dann erhoben sie sich wieder von den Stufen. Die Uhr kündete gnadenlos das Ende der Mittagspause an. Nun lagen noch eine Doppelstunde Physik und eine abschließende Musikstunde vor Sascha, dann wäre dieser Tag – zumindest was die Schule anging – geschafft. Komischerweise hatte sie in diesen drei Stunden wieder den Gedanken im Kopf, dass sie sich doch lieber auf den freien Platz neben Celina setzen wollte. Paul hatte ihr vorhin einiges über sich verraten. Eigentlich hätte ihr das ein gutes Gefühl geben müssen, aber das war nicht so. Sie fühlte sich eher wie ein Eindringling in seine Seele. Es wäre wohl besser, wenn sie sich noch mal nach einem anderen Vertrauten umschaute. Oder vielmehr nach *einer* anderen Vertrauten!

Zum Abendessen saß Sascha wieder an ihrem Mädchentisch, wo es heute hoch herging. Einige ihrer Klassenkameradinnen hatten erfahren, dass die Schüler der Unterprima vorhatten, nach dem Ende der großen Ferien und noch vor dem morgigen Wochenendbeginn eine Wiedersehensparty zu feiern. Und der einzige Tag, der jetzt noch dafür infrage kam, war logischerweise heute.

„Darf ich mal was Blödes fragen? Was ist denn die Unterprima?", meldete sich Sascha vorsichtig zu Wort. „Bei uns in Berlin haben wir diese Bezeichnungen, glaube ich, gar nicht."

„Das ist die zwölfte Klasse“, meinte Marianne.

„Und in dieser zwölften Klasse sind die Jungs schon so … *männlich*“, schwärmte Celina und warf ihre schwarzen Haare in den Nacken.

„Du mit deinen älteren Jungs“, gab Lena zurück, während sie ihre Nickelbrille auf der Nase hochschob.

„Iff fimbe Jummf ja auch boof. Ebal, wie alb fie fimb“, schmatzte Julia mit übervollem Mund.

„Also, ich gehe hin und schau mal, ob die mich reinlassen und wie lange ich bleiben darf“, meinte Celina.

„Schätzungsweise bis kurz vor 21 Uhr“, meinte Marianne ungerührt.

„Kommt drauf an, wer die Aufsicht hat“, grinste Celina. „Weiß jemand, welcher der Lehrer da den Aufpasser gibt? Vielleicht einer mit einem verständnisvollen Herzen?“

„Wenn ich das richtig mitbekommen habe, dann ist der Neue aufpassermäßig mit dabei“, klinkte sich Sophie ein.

„Wer? Der Röbler?“, fragte Sascha gespannt.

„Keine Ahnung, wie der heißt“, winkte Sophie ab. „Aber wenn der neu ist, dann wird er es wohl sein.“

„Übrigens, weiß eigentlich jemand von euch, in welcher Klasse der Neue unterrichtet?“, versuchte sich Sascha so beiläufig wie möglich zu erkundigen. „Er ist wohl Sport- und Religionslehrer, wenn ich das richtig mitbekommen habe.“

Alle Mädchen sahen sich ratlos an und schüttelten die Köpfe.

„Na ja, der ist halt neu. Der wird sich erst mal umsehen müssen, bevor er loslegt“, meinte Sophie.

Ich kann nur hoffen, dass es nicht dazu kommt, dass der

loslegt, ging es Sascha durch den Kopf, während sie ein Stück von ihrem Käsebrot abbiss.

Nach dem Abendbrot tätigte Sascha den obligatorischen Alles-in-Ordnung-Anruf bei ihrer Mutter. Anschließend schickte sie mal wieder eine SMS an Jule und Sina. Komisch, dass die zwei sich nicht öfter bei ihr meldeten. Es konnte doch nicht sein, dass es ihnen so schnell egal war, wie es ihr in diesem furchtbaren Internat ging. Sascha spürte plötzlich wieder so einen blöden Kloß im Hals. Nein, sie brauchte nicht traurig sein, und sie wollte es auch nicht! Nur noch zwei, höchstens drei Wochen, redete sie sich immer wieder gut zu. Außerdem war sie ja hier erst einmal besser aufgehoben als in Berlin. Und überhaupt … Wie war das noch? Niedergeschlagenheit wird durch Sport bekämpft und ein prima Gefühl stellt sich ein? Das konnte sie im Zweifelsfall gut gebrauchen. Also raffte sie sich auf und schloss sich Marianne an, als diese zum Volleyball ging.

Bei schönem Wetter nutzten die Spieler das Volleyballfeld, das auf der Wiese im Innenhof des Internates lag. Schon beinahe reflexartig scannte Sascha die Umgebung und die zum Hof liegenden Fenster ab, ob sie irgendwo ein bekanntes Gesicht entdeckte. Als Letztes schaute sie schließlich direkt zum Spielfeld hinüber – und traute ihren Augen kaum.

„Hallo Paul, was machst du denn hier?“, rief sie, sobald sie auf wenige Schritte an die Wiese herangekommen war. „Bist du etwa Mitglied in der Volleyballgruppe?“

„Na, bisher war er es jedenfalls noch nicht“, meinte

Marianne, begleitet von einem vielsagenden Augenzwinkern. Dann ging sie zu den Mitspielern auf der anderen Seite des Spielfeldes hinüber.

„So, so, du bist also auch neu hier?"

„Yep."

„Woher wusstest du, dass ich heute hier mitmache?"

„Das … ähm … wusste ich eben."

„Aha, ein Hellseher. Oder ein Junge mit Intuition. Gibt's denn so was überhaupt?"

Paul zog eine Sonnenbrille aus der Sporthose und setzte sie sich auf. „Spotte nur. Ich nehme meinen Job als Bodyguard sehr ernst."

Sascha wollte schon herausfordernd zurückfragen: *Bodyguard??*, biss sich aber auf die Zunge. Ihr fiel ein riesengroßer Felsbrocken vom Herzen. Paul hatte es ihr offensichtlich nicht übel genommen, dass sie heute Mittag so wissbegierig gewesen war. Und sie hatte schon geglaubt, ernsthaft bei ihm unten durch zu sein. Stattdessen schien er sich für sie verantwortlich zu fühlen. Wie nett!

Eine Stunde lang tobten sich die Spieler auf dem Volleyballfeld aus. Anschließend war Sascha platt, aber glücklich. Diesmal konnte Marianne sogar um Punkt 21 Uhr das Licht löschen, ohne dass sie ihre Zimmergenossin vorher noch einsammeln gehen musste.

Schon wieder lag ein Tag hinter Sascha, der vollgestopft war mit Neuigkeiten und Aufregungen. Sie freute sich noch immer über Pauls Erscheinen beim Volleyball – ihretwegen. Auch wenn sie es niemals laut zugeben würde, aber eigentlich war er schon ganz in Ordnung.

Was ihr heute allerdings einen echten Keulenschlag versetzt hatte, war diese Entführungsgeschichte. Und sie war ja immer noch in Gefahr, auch wenn sie jetzt wusste, wer ihr Freund und wer ihr Feind war. Wann hörte das wohl endlich auf? Vielleicht könnte sie ja morgen einfach mal den Polizisten fragen, wie weit die mit ihren Ermittlungen waren. Ob sie der Polizei dabei helfen konnte, dem Röbler eine Falle zu stellen? Natürlich würde sie das nicht ohne deren Erlaubnis tun. Sie war ja nicht verrückt!

Röbler …

„Ob Celina noch bei der Party ist? Was meinst du?"

„Das werden wir morgen von ihr erfahren. Wenn sie jetzt noch da sein sollte, wird sie gleich als Erstes zu mir kommen und so was sagen wie: ‚Stell dir vor, Marianne, ich habe um 21 Uhr noch nicht im Bett gelegen.' Soll sie doch. Ist mir wurscht."

„Echt? Aber mich hast du bei Frau Schuster extra pünktlich abgeholt."

„Klar. Du bist mir ja auch nicht wurscht."

Einen Moment lag Sascha da und dachte über Mariannes Satz nach. Dann murmelte sie leise: „Danke."

11

War es der erste große Schritt auf dem Weg zur Gewohnheit? Oder lag es einfach nur daran, dass Sascha schon wieder das Gefühl hatte, total schlecht beziehungsweise gar nicht geschlafen zu haben? Was auch immer der Grund war, sie nahm den Versuch von Mariannes Wecker, alle in seiner näheren Umgebung durch einen Herzinfarkt sterben zu lassen, nur erschöpft zur Kenntnis. Wahrscheinlich war sie erst in den frühen Morgenstunden so weit zur Ruhe gekommen, dass sie endlich richtig eingeschlafen war.

Die ganze Zeit ging ihr der Gedanke nicht mehr aus dem Kopf, dass sie zusammen mit der Polizei dem Röbler eine Falle stellen könnte. *Je schneller er verhaftet werden kann, desto eher bin ich in Sicherheit und kann wieder nach Hause.*

„Aufstehen!“, hörte sie Mariannes energiegeladene Stimme.

„Noch nicht“, nuschelte sie. „Wenn du wieder zurück bist vom Joggen.“

„Ich bin zurück vom Joggen! Los, auf! Das Frühstück wartet!“

Was? Marianne war schon joggen gewesen? War sie etwa nach dem Weckerklingeln wieder fest eingeschlafen? „Ich kann nicht. Bin sooo fertig.“

„Warte, ich hol nur eben schnell den nassen Lappen“, rief Marianne aufgedreht.

„Och nööö.“ Im Badezimmer hörte Sascha plötzlich das Rauschen von Wasser. Langsam quälte sie sich in eine sitzende Position. „Ich wette, du hast schon mal gelebt“, murmelte sie schlapp vor sich hin. „Im Mittelalter als Folterknecht.“

Das Rauschen erstarb. „Was hast du gesagt?“

„Nix.“

Zum Glück war heute Freitag!

Als Sascha vier, fünf Schritte hinter Marianne her auf den Speisesaal zuschlurfte, huschte plötzlich Paul hinter einer Ecke hervor. Er legte den Zeige- und Mittelfinger an sein rechtes Ohr und tat so, als würde er aufmerksam einer Stimme lauschen, die aus einem imaginären, winzigen Empfangsgerät in seinem Gehörgang kam. Dabei schaute er übertrieben misstrauisch in der Gegend herum.

Sascha wusste sofort, was Paul ihr da gerade vorspielte. Sie kannte so ein Verhalten von den Sicherheitsleuten, die ihr schon ein paarmal begegnet waren, wenn sie ihre Mutter zu einer ganz großen Show begleitet hatte. Aber woher kannte er solche Typen? Wahrscheinlich aus einem Film. Sascha kicherte.

„Okay“, flüsterte Paul scharf, „die Luft ist rein.“

Er wollte sich schon unauffällig davonmachen, aber Sascha rief ihm zu: „Warte mal!“

„Was ist?“

„Nachher muss ich dich unbedingt noch mal kurz sprechen. Ich habe da eine Idee und wollte deine Meinung dazu hören.“

„Ich bin dafür.“

„Du weißt doch noch gar nicht, was ich für eine Idee habe!"

„Nein, ich meine, ich bin dafür, dass wir nachher kurz sprechen. In der Mittagspause?"

Sascha druckste ein wenig herum. „In der Mittagspause erst?"

„Na ja, ich kann auch in … äh … sagen wir … in zwanzig Minuten in unserem Aufenthaltsraum im zweiten Stock sein. Dann hätten wir noch ungefähr eine halbe Stunde Zeit."

„Oh ja, super, dann bin ich auch da. Du bist 'n echt prima Kumpel."

Erneut schaute Paul um sich wie ein Sicherheitsmann. „Ich weiß", erwiderte er mit einem coolen Blick und verschwand eilig im Speisesaal.

Sascha hatte noch nie so schnell ihr morgendliches Brötchen weggeputzt wie heute. „In unserem Aufenthaltsraum" hatte er gesagt. Nun hatten sie also schon ihren persönlichen Treffpunkt!

Um genau 7.18 Uhr betrat Sascha den besagten Raum. Paul war zu ihrem Erstaunen schon da.

„Und ich dachte, ich hätte schnell gegessen …"

Paul zog etwas in eine Serviette Eingewickeltes hervor. „Du hättest es so machen sollen wie ich: Brötchen schmieren und mitnehmen. Dann hättest du jetzt auch in Ruhe essen können."

Sascha setzte sich auf einen Stuhl, der Paul gegenüberstand. Aufgeregt blieb sie kerzengerade auf der Kante sitzen. „Na dann, guten Appetit. Pass mal auf, ich habe dir ja

schon gesagt, dass ich da eine Idee habe, von der ich mal wissen wollte, was du dazu sagst."

„Raus damit", meinte er und biss herzhaft in sein dick mit Salami belegtes Brötchen.

„Meinst du, ich sollte den Polizisten fragen, ob wir dem Röbler eine Falle stellen können, damit die ihn schnell verhaften können?"

Paul sog entsetzt die Luft ein. Offensichtlich bewirkte das, dass sich ein Brötchenkrümel in seine Luftröhre verirrte, der dort für einen spontanen Hustenanfall sorgte.

„Wie bitte?“, japste er heiser, als er den Husten einigermaßen unter Kontrolle hatte. „Du hast zu Hause wohl zu viele Krimis im Fernsehen geguckt!“

„Okay, verstehe schon. Das ist vielleicht ’ne blöde Idee. Aber ich kann doch nicht die ganze Zeit hier nur rumsitzen, aufpassen, dass ich immer in Gesellschaft bin, und ansonsten abwarten, was kommt. Ich wollte den Polizisten ja auch nur fragen. Einfach nur fragen.“

Erneut biss Paul in sein Brötchen und verdrehte dabei nachdenklich die Augen. Dann zuckte er mit den Schultern.

„Und was heißt das jetzt?“, versuchte Sascha diese Geste zu deuten. „Dass du die Idee mit dem Fragen doch nicht so dumm findest?“

Er nickte unentschlossen. Sascha konnte sich ein Lächeln nicht verkneifen, als er sich den Rest seines Frühstücks noch zusätzlich in den Mund schob. Sie fand, dass er nun wie ein großer Hamster aussah.

„Deine Idee, das Essen mitzunehmen, war vielleicht ganz clever gemeint, aber eigentlich hätte ich es schön gefunden, wenn du mir auch mal richtig antworten könntest. Mal abgesehen davon …“ Sascha schaute an Paul hinab. Sein ganzer Schoß und die Sitzfläche des Stuhls waren mit Krümeln übersät.

Während er durch Gesten zu verstehen gab, dass er gleich runtergeschluckt haben würde, wischte Paul die Brösel von der Hose, sodass sie zu Boden fielen. Nur einen Augenblick später war er wieder in der Lage, verständliche Worte zu formulieren.

„Also, an deiner Stelle würde ich mir das überlegen.“

„Wieso?“

„Na, entweder lacht dich dieser Herr Fischer aus. Wäre doch peinlich. Oder er lässt sich auf so ’ne Geschichte ein. Und das wiederum wäre bestimmt ziemlich gefährlich. Das muss doch nicht sein, oder?“

„Meinst du denn, Nichtstun ist sicherer? Solange der Röbler auf freiem Fuß ist, bin ich doch immer in Gefahr, egal, was ich mache. Oder?“

„Stimmt auch wieder …“

„Ich hab ’ne Idee“, meinte Sascha. „Wir machen das so: Bis zur Mittagspause überlegt noch mal jeder für sich, was dafür- und was dagegenspricht, und nach dem Essen gehen wir beide zusammen los und suchen Herrn Fischer.“

„Wenn uns nichts eingefallen ist, was dagegenspricht.“

„Ja. Wenn.“

„Okay.“ Paul hielt Sascha die Hand hin und sie schlug ein. *Ich habe ihn berührt,* ging es ihr durch den Kopf. Sie wusste nicht genau warum, aber irgendwie war das gerade … so … merkwürdig … und auch ein bisschen … aufregend.

Offenbar hatte Paul etwas Ähnliches empfunden. Zumindest wirkte er ein wenig verlegen. „Na, das wird ja ein voll konzentrierter Unterricht heute Vormittag“, versuchte er die Situation mit dieser leicht ironisch gemeinten Bemerkung zu retten. Aber schnell fiel ihm ein, wie missverständlich diese Bemerkung möglicherweise sein könnte. Eilig schob er nach: „Also, wegen der Gedanken, die wir uns machen müssen. Wegen deinem Plan! Verstehst du?“

Sascha schmunzelte. Ja, ja, sie hatte schon verstanden.

Von der offenen Tür her ertönte ein Klopfen, das eindeutig dazu gedacht war, Aufmerksamkeit zu erregen. Beide wandten ihren Blick in die Richtung, aus der das Geräusch kam – und hielten erschrocken die Luft an.

„Habt ihr keinen Unterricht heute? Es ist fünf vor acht."

Was hätte Sascha darum gegeben, wenn Marianne in der Tür gestanden hätte. Doch stattdessen war *er* es – Röbler!

„Doch, doch, wir sind schon weg", rief Paul. Schnell packte er Sascha am Ärmel und zog sie hinter sich her, hinaus aus dem Raum, den Flur entlang und die Treppe hinunter.

Keuchend blieben die zwei am Fuß der Treppe im Erdgeschoss stehen und sahen nach oben. Doch der vermeintliche Lehrer folgte ihnen nicht.

„Mist! Er hat uns gehört. Bestimmt stand er schon eine Weile vor der Tür und hat gelauscht, so wie beim letzten Mal. Er weiß jetzt, was wir vorhaben."

„Halt, halt", meinte Paul mit gedämpfter Stimme, „ganz ruhig. Es kann sein, dass er was weiß, es muss aber nicht. Wir dürfen jetzt nichts überstürzen. Machte er etwa auf dich den Eindruck, als würde er sich entdeckt fühlen?"

„Nee, eigentlich nicht."

„Siehst du? Und hätte er uns gehen lassen, wenn er Angst hätte, dass wir ihn auffliegen lassen?"

„Nee."

„Aber zugegeben – ich bin jetzt auch schon eher für deinen Plan als dagegen."

Sascha schaute Paul halb verunsichert, halb dankbar an.

„Hey, Kopf hoch. Du hast ja mich."

Tatsächlich zog sich der Vormittag so elend lange hin,

dass es kaum zu ertragen war. In der ersten Doppelstunde Geografie – also das, was bei ihr zu Hause in Berlin Erdkunde hieß – kündigte der Lehrer „Wetter und Klima“ als Unterrichtsstoff für die nächsten drei Wochen an. Dazu schrieb er jede Menge Themen an die Tafel, von denen sich jeder Schüler eins für ein Kurzreferat heraussuchen sollte. Schließlich wurden alle der Reihe nach gefragt, zu welchem Thema sie sich vorbereiten wollten. Als Sascha dran war und merklich zerstreut antwortete: „Die Entstehung eines Zyklops“, wusste sie erst gar nicht, warum sich alle vor Lachen bogen. Na ja, nicht ganz alle. Dankenswerterweise bestätigte der Lehrer ganz ernst, als hätte er nichts bemerkt, dass sie sich also um die tropischen Wirbelstürme kümmern durfte.

Nachdem schließlich auch der Biologieunterricht vorbei war, fühlte sich Sascha total geschafft. Immer stärker hatte sie das Gefühl, dass bald etwas geschehen musste. *Sehr* bald! Während ihre Mitschüler – bis auf Paul – den Klassenraum eilig verließen, zog sie ihr Handy aus der Hosentasche und schaltete es ein.

„Bevor wir weiter überlegen, rufe ich jetzt einfach noch mal meine Mutter an. Ist vielleicht nicht schlecht, wenn sie auch ihre Meinung dazu sagen kann. Was meinst du?“

„Ja, logisch, mach das!“, gab Paul zurück, während auch er sein Handy einschaltete, um wieder erreichbar zu sein.

„Willst du schon in den Speisesaal vorgehen?“

Er schüttelte den Kopf.

Sascha wählte die Nummer – erfolglos. Luisa hatte ihr Telefon abgeschaltet. „Ach ja. Wahrscheinlich sitzt meine Mutter jetzt im Flugzeug nach Wien. Das hatte ich ganz vergessen. Und nun? Was meinst du?“

Paul schaute nachdenklich aus dem Fenster. „Äh? Das gibt's doch nicht."

„Was ist denn?"

„Schau mal, wer dahinten über die Wiese läuft."

„Der Herr Fischer! Na, wenn das mal kein Wink mit dem Zaunpfahl ist. Weißt du was, ich gehe jetzt schnell rüber zu ihm und frage ihn."

„Wir gehen jetzt schnell rüber und fragen ihn."

„Noch besser!"

In dem Moment, als Sascha und Paul eilig von ihren Plätzen aufstanden, ertönte eine Fanfare, die ein Ausschnitt von irgendeiner Filmmusik sein musste.

„Oh, das ist mein Handy. Ich werd verrückt – Japan ist dran!"

Während Paul sich mit freudiger Stimme und glänzenden Augen am Telefon auf Japanisch mit „Konitschiwa" meldete, ging Sascha langsam los, um sich still zu verdrücken. Es war wohl ganz gut, wenn sie ihn jetzt alleine mit seinen Eltern sprechen ließ. In der Zeit würde sie eben kurz mit Herrn Fischer reden. Dann waren sie auf jeden Fall schneller fertig und konnten anschließend zum Essen in den Speisesaal laufen. Dort könnte sie ihm dann sagen, was die Polizei von ihrem Plan hielt.

Während Sascha zur Klassenzimmertür ging, gestikulierte sie Paul so gut es ging zu, was sie vorhatte. Er schien zu verstehen. Zumindest nickte er ihr zu, während er weiterhin fröhlich redete. Schnell schlüpfte sie durch die Tür und lief den Gang hinab. Immer wieder schaute sie sich um, ob der Röbler in der Nähe war, um sie kurz vor ihrem Ziel abfangen zu können. Moment – war er das da hinten etwa? Am

Ende des Ganges kam jemand aus einem Klassenzimmer heraus. Das musste er sein! Mit wild klopfendem Herzen und so schnell sie konnte, rannte sie los, huschte um eine Ecke, fegte den Gang weiter hinab bis zu der großen Eingangstür des Internates. Ohne sich noch einmal umzusehen, warf sich Sascha gegen die schwere Tür und stemmte sie auf. Sonnenstrahlen fielen unvermittelt auf ihre Augen und blendeten sie für einen Moment. Schnell eilte sie die Treppenstufen hinunter und lief zu der Stelle auf der Wiese, wo Paul eben noch Herrn Fischer gesehen hatte.

Als das Mädchen endlich den Platz erreichte, war nichts von dem Mann zu sehen.

So ein Mist! Wo steckt er nur? Unschlüssig drehte sie sich einmal um die eigene Achse. In welcher Richtung sollte sie suchen?

Durch das Klassenzimmerfenster konnte sie Paul drinnen telefonieren sehen. Gerade eben hatte auch er sie entdeckt und winkte ihr zu. Eher unbewusst ließ Sascha ihren Blick die Fensterfront entlangwandern. Da war er wieder: der Röbler! Nur zwei Räume entfernt von dem, in dem Paul noch immer war, hatte er die Tür geöffnet und in dem Klassenzimmer suchend umhergesehen. Dann schloss er die Tür wieder und ging zum nächsten Raum. Um Paul brauchte sie sich keine Sorgen zu machen, wenn der Röbler ihn in den nächsten Minuten entdecken würde. Aber er durfte sie nicht sehen. Und das konnte passieren, sobald er aus dem Fenster schaute!

Schnell lief Sascha zum Ende der Wiese und duckte sich hinter einen dicht gewachsenen Busch.

„Entschuldigung, aber das ist mein Versteck", hörte sie plötzlich eine leise, tiefe Stimme neben sich. Unwillkürlich entfuhr dem Mädchen ein kurzer Aufschrei. Sofort drehte sie sich um. Schräg hinter ihr sah sie zu ihrem großen Erstaunen Herrn Fischer!

Erleichtert atmete sie auf. „Herr Fischer! Sie haben mich zu Tode erschreckt!"

„Na, glücklicherweise habe ich das nicht. Hallo Sascha, du weißt, wer ich bin?"

„Ja. Meine Mutter hat mir von Ihnen erzählt. Stimmt es, dass Sie verdeckter Polizist sind?"

Der Mann lachte. „Verdeckter Ermittler meinst du? Ja. Ich bin deinetwegen hier."

„Das ist super. Sagen Sie, kennen Sie Herrn Röbler?"

„Röbler?" Er überlegte. „Nein, der Name kommt mir nicht bekannt vor. Wieso?"

„Na ja, ich dachte … Er ist vielleicht der Mann, der mich … entführen will."

„Ach, du meinst den Mann mit den dunklen wirren Haaren, der da hinten gerade die Klassenräume absucht?"

„Ja, den meine ich! Ist er der Mann, der mich entführen will?"

Herr Fischer nickte. „Ich befürchte, er könnte es sein."

„Wie? Sie wissen gar nicht genau, wer hinter mir her ist?"

„Doch", lachte der Mann kurz auf. „Allerdings vermute ich, dass dieser Jemand einen Komplizen hat. Nämlich den da. Aber ob dieser Komplize sich gerade Röbler oder sonst wie nennt, das weiß ich natürlich nicht. Bis jetzt jedenfalls nicht."

„Ich habe leider nicht so wahnsinnig viel Zeit, weil ich gleich zum Mittagessen muss. Aber ich wollte Sie schnell mal was fragen. Was halten Sie davon, wenn wir rauszukriegen versuchen, ob der Röbler ein Verbrecher ist, und ihm eine Falle stellen?"

„Du meinst, wir inszenieren eine Situation, in der er sich mit dir alleine glaubt, und in dem Moment, wo er dich schnappen will, schnappen wir ihn?"

„Ja, genau!"

Herr Fischer kratzte sich nachdenklich am Kinn. „Ich weiß nicht, ob das eine gute Idee ist. Im Fernsehen klappt so etwas immer, aber wir sind hier nicht im Fernsehen. So eine Aktion ist mit unwägbaren Risiken verbunden." Er atmete tief durch. „Andererseits verstehe ich dich. Wenn er endlich verhaftet werden könnte, dann bräuchtest du keine Angst mehr zu haben. Und ganz ehrlich: Ich wäre auch froh, wenn die Sache endlich erledigt wäre." Erneut überlegte er kurz. „Hast du noch eine Minute Zeit, bevor du essen gehst?"

„Mmh, ich denke schon."

„Dann lass uns doch noch mal eben zum Parkplatz rübergehen. In meinem Auto kann ich über Funk meinen Vorgesetzten kontaktieren. Ich möchte diese Entscheidung nicht ohne sein Einverständnis treffen."

„Verstehe ich", nickte Sascha.

„Warte mal, ich schaue, ob die Luft rein ist." Vorsichtig kam er hinter dem Busch hervor. „Ich sehe den … wie heißt er? … Ach ja, Röbler … den sehe ich da drüben noch. Er hat gerade die Tür zu deinem Klassenzimmer geöffnet. Los, komm, wir gehen den Weg hier hinten durch das Waldstück zum Parkplatz. Dadurch vermeiden wir, dass er uns zusammen sieht."

Sascha nickte. Gemeinsam eilten sie im Schutz der Bäume hinüber zum Parkplatz.

Paul spürte, wie sein Herz einen Tick schneller schlug, als er die Stimme seines Vaters hörte. Sonst rief immer seine Mutter an, um sich zu erkundigen, wie es ihrem Sohn ging. Das war ja auch ganz schön, aber irgendwie fühlte es sich so besonders an, dass sich sein Vater extra Zeit nahm, um mit ihm zu sprechen.

„Na, Junior, alles klar bei dir?"

„Ja, alles bestens. Die erste Schulwoche ist fast vorbei und ich freue mich schon riesig, wenn ihr in den Herbstferien kommt."

„Hast du schon eine Klassenarbeit mit einer guten Note zurückbekommen?"

„Aber Papa, in der ersten Woche doch noch nicht. Wann genau kommt ihr denn hier an? Ende Oktober oder schon vorher?"

„Warte mal, ich geb dir mal deine Mutter."

Damit wanderte das Telefon in Japan eine Hand weiter. Paul ahnte schon, was kommen würde. Am liebsten hätte er gleich aufgelegt. Den Schwall an Entschuldigungen und Beteuerungen, der ihn gleich überfluten würde, wollte er absolut nicht hören. Als er die Stimme seiner Mutter vernahm, schaltete er innerlich sofort ab. Er hörte zwar, dass sie redete, aber nicht, was. Durch das Fenster erblickte er Sascha auf der Wiese. Offenbar suchte sie nach Herrn Fischer. Zumindest sah es so aus, als ob sie die Gegend absuchte. Er winkte ihr zu. Sascha war echt nett. Eigentlich doch ganz schön, dass sie in seiner Klasse gelandet war …

Waren dort auf dem Gang Geräusche zu hören? Paul wandte sich um. Irgendjemand schien gerade die Tür zum Nebenraum vernehmbar laut geschlossen zu haben.

„… und bitte sei nicht böse“, hörte er die beschwörende Stimme seiner Mutter.

„Ist schon klar. Dann eben bis Weihnachten.“

„Dann sind wir garantiert da. Versprochen!“

„Grüß Vati nochmal“, meinte Paul und drückte die Anruf-beenden-Taste. In diesem Moment öffnete sich die Klassenzimmertür. Der Röbler. Na super, *der* hatte ihm gerade noch gefehlt!

„Was wollen Sie denn hier?!“

„Ich suche etwas.“

„So, Sie suchen etwas?“ Der Junge merkte, wie die pure Wut in ihm aufstieg. Waren denn alle Erwachsenen nur dazu da, um ihn zu nerven? Hielten sie ihn alle für megablöd oder was?

„Nein, du hast recht. Ich suche nicht etwas, sondern jemand. Ist deine Freundin hier irgendwo in der Nähe?“

„Erstens ist sie nicht meine Freundin, und zweitens sind Sie der Letzte, dem ich sage, wo sie ist.“

„Schade, ich habe eine wichtige Neuigkeit für sie. So wichtig, dass ich es ihr möglichst schnell sagen möchte.“

„Ich richte es ihr aus.“

Der Mann schien kurz zu überlegen. „Ich würde es ihr lieber selber sagen.“

„Na klar, damit Sie sie zu fassen kriegen, nicht wahr?“ Upps! War ihm da in seinem Ärger vielleicht etwas zu viel herausgerutscht? Der Röbler stutzte und fixierte Paul, als würde er seine Gedanken lesen wollen. Unruhig trat der Junge von einem Bein auf das andere.

„Was weißt du über Sascha und die … besondere Situation, in der sie ist?“

„Genug.“

„Okay, dann reden wir jetzt Klartext. Sag mir bitte, wo Sascha ist. Sie ist in Gefahr.“

„Ja, zumindest ist sie dann in Gefahr, wenn ich Ihnen jetzt antworte.“

„Wie bitte?“

„Glauben Sie, wir sind doof? Die ganze Zeit schleichen Sie hinter ihr her. Warum wohl?“

„Um sie zu beschützen.“

„Natürlich! Ich glaube Ihnen kein Wort.“

„Sie soll entführt werden. Ich versuche, sie möglichst die ganze Zeit im Auge zu behalten, um sofort eingreifen zu können, falls der Typ, den wir im Visier haben, ihr zu nahe kommen sollte.“

„Wir?“, stammelte Paul. Sein Magen machte sich plötzlich unangenehm bemerkbar. Was war das denn hier gerade für ein Irrsinn?!

„Ich bin verdeckter Ermittler der Polizei.“

„Was? Sie auch?“ Pauls Herz fing an zu rasen. Das konnte doch nicht möglich sein. Er begriff gar nichts mehr. Wem konnte er denn nun glauben? Aber machte es nicht Sinn, dass der richtige Polizist derjenige war, den die Rektorin als Lehrer in das Internat hereinließ? Mit zitternden Fingern entsperrte er sein Handy. Zum Glück hatte er Saschas Nummer. Am besten rief er sie sofort an und warnte sie, dass sie nicht weiter nach dem Fischer suchen sollte.

Erwartungsvoll sah ihm der Röbler zu, wie er die Nummer heraussuchte und wählte. Dann hielt er sein Handy ans Ohr. Doch statt des Freizeichens hörte er eine Ansage: „Der Teilnehmer ist zurzeit leider nicht erreichbar.“

Paul ließ das Telefon sinken. Nun war ihm wirklich schlecht. „Sie hat ihr Handy nicht an.“

„Dann sollten wir sie suchen gehen.“

„Ja, am besten ganz schnell. Sie ist jetzt irgendwo da draußen und sucht nach Herrn Fischer.“

„Wer ist Herr Fischer?“

„Das ist der Mann, von dem wir immer dachten, er sei der Polizist, während wir Sie für den Entführer hielten.“

„Ach du Scheiße!“ Der Röbler wandte sich um, lief eilig zur Tür und riss sie auf. „Dann ist sie jetzt womöglich gerade dabei, dem Gehilfen vom Voss in die Arme zu laufen.“

„Wem?“

„Ich erklär dir alles nachher. Los, komm mit! Sascha ist in Gefahr und ich brauche deine Hilfe! Zeig mir, wo sie ist.“

Ohne zu zögern, stürmte Paul in Richtung Fenster und öffnete es. „Hier lang! Das ist der kürzere Weg!“ Schnell schob er sich einen Stuhl so hin, dass er erst auf die Sitzfläche und dann aufs Fensterbrett steigen konnte. Mit einem Satz war er schließlich draußen. Nur einen Augenblick später landete der Röbler neben ihm im Gras.

„Hier ist mein Wagen“, meinte Herr Fischer und zeigte auf das silberfarbene Auto, das Sascha sofort wiedererkannte. „Setz dich doch einfach mit rein. Dann kannst du zuhören, wie ich mit meinem Einsatzleiter telefoniere“, meinte er, während er mit seinem Autoschlüssel per Funk die Zentralverriegelung öffnete.

Sascha nickte.

Herr Fischer geleitete das Mädchen zur Beifahrerseite, öffnete die Tür, ließ sie einsteigen und schloss die Tür wieder behutsam. Dann ging er um das Auto herum und nahm auf der Fahrerseite Platz. Er warf Sascha ein kurzes Lächeln zu, während er eine Nummernfolge in ein Handy eingab, das er soeben in die Freisprecheinrichtung gesteckt hatte. Es tutete. Nach viermal Klingeln meldete sich eine männliche Stimme: „Ja?“

„Herr Voss?“

Die Stimme am anderen Ende räusperte sich leicht. „Ja, äh, Polizeidirektion 6, Abschnitt 62, Voss am Apparat.“

„Schönen guten Tag, hier ist Fischer. Herr Voss, neben mir sitzt Frau Sascha Mai.“

Frau? Plötzlich musste Sascha wieder an diesen unsympathischen Busfahrer denken. Der hatte auch ‚Frau Mai‘ zu ihr gesagt.

„Frau Mai hat mich soeben beim Observierungsdienst angesprochen wegen dieser Einsatzvariante, die wir auch schon einmal angedacht haben."

„Welche von den vielen meinen Sie?", klang es blechern aus dem Lautsprecher.

„Dass wir dem mutmaßlichen Entführer eine Falle stellen, bei der sie den Part des Lockvogels übernimmt."

„Was ist mit den Risiken?"

Herr Fischer schaute kurz aus der Heckscheibe des Wagens hinaus zum Internatsgebäude und anschließend hinüber zu Sascha. „Sieht so aus, als seien die gering. Ansonsten … äh … ist sie noch nicht über alle Besonderheiten im Bilde. Ich dachte, ich frage erst einmal bei Ihnen nach, was Sie von der Sache halten."

„Also … ich finde diesen Gedanken sehr reizvoll. Können Sie Frau Mai herbringen? Wir könnten dann gemeinsam das weitere Vorgehen erörtern."

„Jetzt gleich kann ich nicht", rief Sascha mit klopfendem Herzen dazwischen. „Ich muss zum Mittagessen und anschließend wieder zum Unterricht."

„Moment mal kurz." Es knackte in der Leitung, dann war es still.

„Ist das Ihr Kollege?", fragte Sascha leise, während sie auf das Telefon zeigte.

Herr Fischer schüttelte den Kopf. „Nein, das ist der Polizeidirektor."

„Krass", murmelte Sascha ehrfürchtig. Sie wusste zwar nicht, wie wichtig so ein Polizeidirektor war, aber diese Bezeichnung klang zumindest so, als sei er extrem wichtig.

Aufgeregt drehte sich Paul im Kreis und sah sich nach allen Seiten um. „Genau hier hat der Typ gestanden. Dann war er plötzlich weg. Nur einen Moment später war Sascha hier und hat nach ihm geschaut. Ich weiß nicht, ob sie ihn entdeckt hat oder in welche Richtung sie gelaufen ist. Ich habe telefoniert und blöderweise nicht so darauf geachtet."

Herr Röbler schaute sich ebenfalls aufmerksam um. Dann sah er zu Boden und schien irgendwelche Spuren zu suchen. „Verdammt! Ich kann einfach nichts Hilfreiches entdecken. Dann müssen wir einfach loslaufen und auf Verdacht hin suchen. Komm, wir schauen mal da vorne im Wald nach."

Ohne zu zögern, antwortete Paul: „Nein, hier lang, zum Parkplatz!"

„Zum Parkplatz? Kein Mensch schleppt ein entführtes Kind dorthin, wo ihm mit Sicherheit andere begegnen werden."

„Sie ist bestimmt dort zu finden. Ich erkläre es Ihnen später."

„Na gut, dann los!"

Erneut war ein knackendes Geräusch zu hören. „Ich habe gerade mit der Schulleitung telefoniert. Frau Mai ist für den Rest des Tages freigestellt. Ich erwarte Sie beide dann in zehn Minuten. Schaffen Sie das, Fischer?"

„Wir sind schon unterwegs", gab dieser zurück, beendete das Telefonat und startete den Wagen. „Na, dann wollen wir mal", zwinkerte er Sascha zu.

Komisch … sie wusste gar nicht mehr so richtig, ob sie wirklich wollte. Aber wenn der Herr Polizeidirektor sie schon persönlich erwartete, dann konnte sie ja auch nicht einfach so sagen, dass sie keine Lust hatte zu kommen. Junge, Paul würde Augen machen, wenn sie ihm später alles haargenau berichten würde. Schade, dass er jetzt nicht hier war.

Schwungvoll parkte Herr Fischer das Auto aus und fuhr zügig die Internatsauffahrt hinunter.

In dem Moment, als der Wagen hinter den ersten Bäumen verschwand, kamen Paul und Herr Röbler um die Ecke gerannt. Nur einen Augenblick später standen sie auf dem Parkplatz.

„Ich sehe sie nicht“, meinte der Mann atemlos. „Wieso meintest du, wir sollen hierhingehen?“

„Sascha hatte mal was von einem Kerl erzählt, der sie beim Joggen aus einem Auto heraus mit einem Fernglas beobachtet hatte.“

„Was?! Warum habt ihr mir das nicht alles schon früher erzählt?“

Paul hatte das Gefühl, seinen Ohren nicht trauen zu können! „Warum haben Sie uns denn nicht mal einen Ton davon gesagt, dass Sie Polizist sind?! Oder was auch immer!“

„Schon gut, schon gut. Weißt du wenigstens, was für ein Auto das war?“

„Nein. – Was machen wir jetzt?“

„Am besten versuchst du noch mal, sie anzurufen.“

Während das Auto das kleine Waldstück passierte, zog Sascha ihr Handy aus der Hosentasche.

„Oh, du hast dein Handy dabei?“, fragte Herr Fischer, nachdem er beim Fahren einen kurzen Seitenblick auf das Gerät in Saschas Händen geworfen hatte.

„Ja.“

„Sieht so aus, als hätte es schon eine Menge einstecken müssen.“ Er tippte kurz auf den dicken Kratzer auf dem Display. „Funktioniert das überhaupt noch?“

„Nicht mehr so richtig, leider.“

„Das ist ja ganz schlecht. Als potenzielles Entführungsopfer musst du immer erreichbar sein. Was funktioniert denn nicht mehr?“

„Es geht ständig von selber aus. Dann muss ich immer wieder neu meine PIN-Nummer eingeben und es starten. So wie jetzt auch.“

Während Sascha anfing, die Geheimzahl einzugeben, fuhr Herr Fischer mit seinem Auto rechts an den Straßenrand und hielt an.

„Was ist?“, fragte Sascha.

„Mir ist gerade eine Idee gekommen. Du sagtest doch, dein Handy geht immer wieder aus. Es kann sein, dass sich bei diesem Gerätemodell durch den Sturz die Konfiguration verstellt hat. Zeig mal, ich gucke mal nach.“

Paul sah freudig erstaunt auf. „Hey, jetzt klingelt es! Sie hat ihr Handy wieder an!“

In dem Moment, als Herr Fischer Sascha das Telefon aus der Hand genommen hatte, klingelte es. Genau ein Mal. Noch bevor Sascha ihre Hand ausgestreckt hatte, um das Handy zurückzunehmen, war es wieder still.

„Nanu“, meinte der Mann, „hat sich da einer verwählt?“

„Was stand denn auf dem Display? Geben Sie mal her, ich gucke ins Protokoll.“

„Da stand eine Nummer, die mit … äh … 0341 anfing“, antwortete er, während er bei dem Handy die Funktion „Menü/Einstellungen“ aufrief und irgendwelche Tasten drückte.

„0341? Was für eine Nummer ist das denn? Kenne ich nicht.“

„Sag ich doch. Der wird sich verwählt haben. Hm … nee, ich fürchte, ich kann dir und deinem Handy auch nicht weiterhelfen. Sieht eigentlich alles ganz normal aus. Keine Ahnung, warum das nicht funktioniert. Na ja, hier hast du es zurück.“

Sascha nahm das Gerät an sich. „Manno, es ist ja schon wieder aus!“

„Ja, tut mir leid“, antwortete Herr Fischer und fuhr wieder zurück auf die Landstraße.

Mit einem Seufzen schob das Mädchen ihr Mobiltelefon zurück in die Hosentasche.

„Es hat sich so angehört, als hätte sie den Anruf weggedrückt“, meinte Paul ratlos. „Was kann das bedeuten?“

„Wenn wir ganz großes Pech haben, dann bedeutet das, dass nicht sie den Anruf weggedrückt hat, sondern jemand anderes. Jemand, der nicht möchte, dass sie jetzt telefoniert.“

„Ey, keine blöden Scherze, ja?“ Paul spürte, wie sein Gesicht kalkweiß wurde vor Angst. „Was machen wir jetzt?“

„Als Erstes gehen wir zu Frau Hasser. Es wäre sicher

nicht schlecht, wenn sie Sascha im Internatsgebäude ausrufen würde. Vielleicht ist sie ja doch noch irgendwo hier. Oder irgendjemand hat sie gesehen und meldet sich. Kommst du mit?"

Diese Frage war natürlich mehr als überflüssig. Gemeinsam liefen Paul und der falsche Religionslehrer in den Speisesaal und überfielen die Rektorin beim Mittagessen. Es waren gar nicht viele Erklärungen notwendig. Als sie die Worte „verschwunden" und „Sascha" hörte, war sie sofort aufgesprungen. Offensichtlich war sie von Anfang an eingeweiht gewesen, in welcher Gefahr das Mädchen schwebte. Das war wohl auch der Grund, weshalb sich der Röbler trotz auffälliger Bibel-Unkenntnis als Religionslehrer verkaufen durfte. Bestimmt hatte Sascha wegen dieser Bedrohung auch ein Zimmer auf der Lehreretage bekommen und als Zimmergenossin die superaufmerksame, pflichtbewusste Marianne. Na klar, das passte.

Nur einen Moment später eilte Paul zusammen mit Herrn Röbler und Frau Hasser in das Rektorenzimmer, in dem sich die Sprechanlage befand, über die man in jeden Raum hinein wichtige Mitteilungen durchsagen konnte.

„Die Schülerin Sascha Mai wird gebeten, sich sofort in das Rektorenzimmer zu begeben. Sascha Mai, bitte sofort in das Rektorenzimmer!"

Herr Röbler sah auf die Uhr. „Ich gebe ihr drei Minuten. Wenn sie dann nicht hier ist, rufe ich meine Kollegen an. Mittlerweile gib du mir doch mal deine Handy-Nummer, Paul. Und Saschas natürlich auch. Frau Hasser, haben Sie die Nummer von Saschas Mutter?"

Während ein reger Austausch von Telefonnummern begann, klopfte es an der Tür. Alle hielten gespannt inne.

„Ja bitte!", rief Frau Hasser.

Langsam öffnete sich die Tür und herein kam eine sichtlich irritierte Marianne. Fragend schaute sie von einem zum anderen. Bestimmt wunderte sie sich, warum ausgerechnet diese drei Personen hier versammelt waren und so dringend Sascha sprechen wollten.

„Entschuldigung, aber ich habe Ihre Durchsage gehört. Ich hoffe, Sascha hat nichts angestellt. Aber ich wollte Ihnen unbedingt sagen, dass sie heute nicht beim Mittagessen dabei war. Vielleicht interessiert Sie das."

„Hast du irgendeine Ahnung, wo Sascha gerade sein könnte?", fragte Herr Röbler.

„Nein."

Spontan kam ihm ein Gedanke. „Du gehörst doch auch mit zu dem Joggingteam. Ist dir mal ein Mann aufgefallen, der in einem Auto saß und euch mit einem Fernglas beobachtet hat?"

„Hm … von einem Fernglas habe ich nichts gesehen. Aber vorgestern hat tatsächlich ein Mann in einem Auto gesessen. Mir ist das nur deswegen aufgefallen, weil ich das ungewöhnlich fand, dass er dort saß, als wir losgelaufen sind, und noch immer dort saß, als wir angekommen sind."

„Kannst du den Mann beschreiben?"

Marianne schüttelte den Kopf. „Nicht besonders gut. Er saß ja in dem Auto. Keine Ahnung, ob der groß oder klein, dick oder dünn war. Ich weiß nur, der hatte dunkle, ganz kurze Haare, keine Brille und keinen Bart."

„Aber das ist doch schon mal was!"

„Das hätte ich Ihnen auch sagen können", warf Paul mürrisch ein.

Herr Röbler schlug sich mit der flachen Hand an die Stirn. „Natürlich! Du hast ihn ja durch das Klassenzimmerfenster gesehen. Okay, ich brauche euch beide für ein Phantombild. Sag mal, Marianne, kannst du dich in etwa noch an das Auto erinnern. Vielleicht an die Farbe oder so was?"

„Klar! Das war ein Golf 5, ich tippe auf Comfortline, viertürig, silbermetallic, Dachantenne, Leichtmetallräder mit Fünfarmspeichen, Außenspiegel in Wagenfarbe mit integrierten Blinkleuchten."

Langsam, wie hypnotisiert schüttelte Paul den Kopf. „Du bist mir echt unheimlich, weißt du das?"

„Konntest du das Nummernschild erkennen?", wollte Herr Röbler wissen.

„Leider nicht, das Auto war ganz dicht an einer von diesen kniehohen Hecken geparkt. Alles, was ich sehen konnte, war, dass es mit ‚B' anfing."

„Ein ‚B' als Städtekennzeichen?"

„Ja, genau. Das heißt, der Wagen kommt aus Berlin, nicht wahr? Darüber hatte ich mich nämlich auch gewundert."

„Bingo!" Herr Röbler schaute auf seine Armbanduhr. „Die drei Minuten sind vorbei." Mit dem Mobiltelefon, das er noch immer in seiner Hand hielt, wählte er erst Saschas Nummer. Schulterzuckend teilte er den Umstehenden mit: „Nichts. Ihr Telefon ist aus." Dann wählte er erneut.

Während Paul gespannt dem Gespräch lauschte, das

der Röbler mit irgendwelchen Kollegen oder Vorgesetzten führte, ging er zügig zum Fenster hinüber, das zum Parkplatz zeigte. Er konnte keinen silbernen Golf sehen.

„Das Auto ist weg", rief er den anderen zu. Herr Röbler deutete ihm mit einem Kopfnicken an, dass er diese Information zur Kenntnis genommen hatte, obwohl er noch immer telefonierte.

In seiner Fantasie sah Paul, wie Sascha geknebelt und gefesselt im Kofferraum eines silbernen Wagens lag. Natürlich wusste er, dass diese Vorstellung höchstwahrscheinlich Quatsch war. Wenn der Entführer Sascha gefesselt und geknebelt über den Parkplatz getragen und in den Kofferraum gelegt hätte, dann hätte es bestimmt jemand gesehen und wäre misstrauisch geworden. Aber irgendwie musste dieser Typ sie doch in den Wagen gekriegt haben.

Und ich habe es nicht verhindert. Ich habe ihr versprochen, auf sie aufzupassen, und habe versagt. Schlagartig fiel Paul wieder sein Bodyguard-Getue ein. Er war sich ja so was von sicher gewesen, dass – ja, was eigentlich? Dass es alles nicht so schlimm werden würde? Oder dass er, ein Dreizehnjähriger, sie im Ernstfall tatsächlich hätte beschützen können? *Was bin ich für ein Idiot!*

Nachdem Herr Röbler sein Telefonat beendet hatte, meinte er: „So, sie wissen Bescheid."

„Ihre Kollegen? Kommen sie her?", fragte Frau Hasser.

„Ja, einer von ihnen. Aber keine Angst, er wird nicht viel Aufhebens machen. Wir geben uns große Mühe, dass Ihre anderen Schüler möglichst nichts von der Sache mitkriegen."

„Als wenn das jetzt meine größte Sorge wäre! Tun Sie, was immer Sie tun müssen, um Sascha schnell wiederzufinden."

„Ihr Kollege kommt hierher?", fragte Paul irritiert nach.

„Ja."

„Was will der denn *hier?* Der muss sich ein paar Männer schnappen und dann müssen die losfahren und Sascha suchen! Rufen Sie den noch mal an und sagen ihm, dass die Polizei einen silbernen Golf finden muss."

„Langsam, langsam. Erstens: Weißt du eigentlich, wie viele silberne Golfs da draußen rumfahren?"

„Schadet es etwas, wenn Ihre Kollegen einfach nur mal in so einen Wagen reingucken? Die sollen ja nicht gleich jeden verhaften. Außerdem reicht es doch, wenn sie nur die Berliner anhalten."

„Zweitens", fuhr Röbler unbeirrt fort, „wissen wir genau, dass Sascha tatsächlich in ein solches Auto gebracht und weggefahren wurde? Im Moment vermuten wir es nur. Vielleicht erlaubt sie sich ja auch gerade einen dummen Scherz. Es gibt Kinder, die tun das, um mit einer solchen unüberlegten Aktion die Aufmerksamkeit zu erregen, die ihnen vermeintlich fehlt."

„Was??!"

„So etwas ist alles schon vorgekommen. Immerhin wissen wir, dass sie nicht gerne in dieses Internat gekommen ist, nicht wahr? Paul, guck nicht so finster. Verstehst du nicht, dass ich mich hier gerade an einen Strohhalm klammere? Ich will doch auch nicht, dass ihr etwas passiert ist. Auf jeden Fall dürfen wir jetzt nichts übereilen. Ich verstehe ja deine Sorge, aber ich muss jede Maßnahme, die ich ergreife, vor meinem Chef rechtfertigen."

„Müssen Sie auch das rechtfertigen, was Sie nicht tun?"

Herr Röbler schüttelte nur den Kopf. Nicht so, als wäre das eine Antwort, sondern so, als hätte ihm ein halbwüchsiger, aufgebrachter Junge als besserwisserischer Ratgeber gerade noch gefehlt. Erneut wählte er eine Nummer.

Wie Paul sehr schnell mitbekam, war es jedoch nicht die Nummer seines Kollegen, sondern die von Saschas Mutter. Leider konnte der Junge nicht hören, was sie sagte. Aber das, was er von diesem Mann hörte, den er gefühlsmäßig noch immer nicht als Polizisten einordnen konnte, reichte. Die arme Luisa musste völlig außer sich sein vor Angst und Selbstvorwürfen. Und trotz der intensiven Beteuerung, dass sie hier gar nichts ausrichten könnte, schien sie sofort nach Hohenach kommen zu wollen.

„Nein, Frau Mai", sprach der Mann mit beschwichtigender Stimme, „das hat nichts mit Dummheit zu tun.

Sie hätten es nicht zwangsläufig wissen müssen. Wir verfolgen dieses Duo nun schon seit geraumer Zeit, und Sie sind nicht das erste Opfer, das auf die beiden hereinfällt. Sie gehen sehr professionell vor. Wie bei Ihnen erschleicht sich erst einer von beiden als angeblicher Sonderermittler der Polizei das Vertrauen einer bekannten Persönlichkeit. Dann ist plötzlich die Rede von einer drohenden Gefahr und Entführung. Natürlich rechnen sie damit, dass ein Prominenter kein Interesse daran hat, dass so etwas bekannt wird oder gar in die Zeitungen gerät. Deshalb ist bisher auch keiner der Erpressten zu uns gekommen, um uns einzuschalten.

Dass wir bei Ihnen vorgewarnt waren und deswegen schon ein wenig tätig werden konnten, hat damit zu tun, dass wir den Telefonanschluss eines Mannes namens Darek Voss seit ein paar Wochen in einer anderen kriminellen Angelegenheit abhören. Und dieser Darek Voss ist der mutmaßliche Drahtzieher in der Sache mit Sascha. – Herr Fischer? – Genau, sein Komplize. – Doch, doch, Ihre Idee war gut. Wenn Sie dem Fischer nicht verraten hätten, wo Sie Sascha hinschicken, dann hätten die beiden wahrscheinlich ziemlich dumm dagestanden. – Ja, hätte, hätte … Das hilft jetzt auch nicht weiter. Nun müssen wir zusehen, wie wir Sascha schnellstmöglich zurückbekommen. Wobei wir ja noch gar nichts Genaues wissen. Die Möglichkeit besteht noch immer, dass Sascha – warum auch immer – nicht oder nicht mehr in ihrer Gewalt ist. Sie haben noch keinen Anruf von Voss oder Fischer bekommen, nicht wahr? – Ja, ich vermute auch, dass sie sich bei Ihnen und nicht hier in der Schule melden werden. – Die bisherigen Opfer? … Doch, doch, die sind immer alle gesund und wohlauf aus der Sache rausgekommen."

Paul war kein großer Experte in Sachen Menschenkenntnis. Aber dass der Röbler, bevor er den letzten Satz ausgesprochen hatte, für einen kurzen Moment gestockt hatte, beunruhigte ihn. Hatte er Luisa etwa gerade angelogen? In Paul ballte sich eine furchtbare Mischung aus Angst, Schuldgefühlen und Wut zusammen – eine Mischung, die ihm das Gefühl gab, sofort irgendetwas tun zu müssen. Egal was. Aber bloß nicht hier einfach nur stehen bleiben! Bloß nicht einfach nur warten!

„Wenn Sie gut durchkommen, sechs Stunden", hörte er den Röbler sagen, „kommt auf den Verkehr an. Und übrigens: Bitte lassen Sie unbedingt immer Ihr Handy an, damit Sie jederzeit erreichbar sind."

„Du siehst sehr schlecht aus", hörte der Junge eine besorgte Stimme neben sich. Er hatte sich so auf das Telefonat konzentriert, dass er gar nicht gemerkt hatte, dass Frau Hasser sich neben ihn gestellt hatte. „Du musst heute nicht mehr am Unterricht teilnehmen, wenn du nicht möchtest. Kann ich sonst noch etwas für dich tun? Möchtest du mit irgendjemandem reden?"

„Nein. Was soll ich denn reden? Ich kann doch noch nicht einmal mehr richtig denken."

„Also ich bin natürlich gerne für dich da, wenn du jemanden brauchst", warf Marianne ein.

Ob sie das nur gesagt hatte, weil sie genau wusste, welche Erste-Hilfe-Maßnahmen man einem Menschen zukommen lassen musste, der unter einem schweren Schock stand, oder ob es auch noch einen anderen Grund dafür geben mochte, war Paul absolut schnuppe. Innerlich hörte er erneut, wie sie ihre beängstigend präzise Beschreibung des Autos von sich gab. Abwehrend hielt er seine Arme ausgestreckt vor sich, schüttelte den Kopf und murmelte: „Nee, nee, lass mal. Ich komm schon alleine klar."

„Alleine?", warf die Rektorin ein. „Nein, das ist keine gute Idee. Du musst ja nicht mit jemandem reden, aber alleine zu sein, das ist im Moment das Schlechteste, was du tun kannst."

Es klopfte erneut. Alle Blicke richteten sich erwartungsvoll auf die Bürotür. Nach der Aufforderung von Frau Hasser öffnete sich die Tür und Frau Schuster steckte den Kopf hindurch.

„Entschuldigung, aber …" Die Lehrerin stockte, als sie die vier Personen im Büro erblickte. „Na, das sind ja schon mal zwei von dreien. Madame Dupont hat mich eben benachrichtigt, dass drei Schüler aus meiner 7. Klasse, die jetzt bei ihr Französischunterricht hätten, unentschuldigt fehlen. Ist Sascha auch hier? Sie wurde doch ausgerufen, nicht wahr?"

Mit jedem Wort, das Frau Schuster von ihrem vermeintlichen Kollegen Röbler hörte, wurde sie blasser und blasser. Schließlich setzte sie sich kraftlos auf einen Stuhl und murmelte: „O mein Gott …" Sie hatte das nicht so gedankenlos ausgesprochen, wie man oftmals Leute „Grüß Gott" oder „Gott sei Dank" sagen hörte. Es klang so ehrlich – und so hilflos.

In diesem Moment empfand Paul ganz tief in seinem Inneren eine unerklärliche Regung. Am ehesten hätte er sie noch damit vergleichen können, als hätte jemand die

Saiten eines verstimmten und verstauben Musikinstruments plötzlich zum Schwingen gebracht. Er spürte einen Missklang, der ihn schmerzte. Warum nur war das Leben nicht so harmonisch, wie es sich doch eigentlich jeder auf dieser Welt wünschen musste? Warum gab es Menschen, die anderen wehtaten? Und könnte es nicht sein, dass es unfair war, Gott für das Schlechte die Schuld zu geben, das doch die Menschen angerichtet hatten?

Paul beendete seine Gedanken abrupt. Innerlich verschränkte er trotzig die Arme. Nein, so einfach wollte er einen allmächtigen Gott nicht davonkommen lassen. Erneut schaute er auf sein Handy und wählte noch einmal Saschas Nummer. Vielleicht war sie ja jetzt – nein, noch immer war sie nicht erreichbar. So ein Mist!

Ein schwarzer Audi kam schwungvoll die Internatsauffahrt heraufgefahren und erregte Pauls Aufmerksamkeit. „Ist das Ihr Kollege?“, fragte er Herrn Röbler, der sofort zum Fenster geeilt kam.

„Ja. Paul, Marianne, kommt ihr bitte mit? Wir brauchen noch ein paar Informationen von euch.“ Mit den beiden im Schlepptau sowie den zwei Frauen, die sich ihnen kurzerhand anschlossen, lief Herr Röbler zu seinem Kollegen hinaus. Nach einem kurzen Gruß informierte er ihn darüber, dass Saschas Mutter sich bereits auf dem Weg zu ihnen befand.

„Na so was, noch ein Auto aus Berlin“, meinte Marianne und zeigte dabei auf das Nummernschild des schwarzen Wagens.

„Das ist Herr Markowski“, stellte Röbler den Kollegen vor, der sich gerade aus dem Auto wuchtete. Er war recht groß, nicht gerade schlank und hatte einen ziemlich ungepflegten, dunklen Vollbart. „Er ist ebenfalls von der Polizei in Berlin und für diesen Fall zusammen mit mir hierherbeordert worden."

Innerhalb von wenigen Minuten war das Nötigste abgesprochen. Solange es noch keine Meldung von den Entführern gab, gab es – wie Röbler und Markowski meinten – nicht sehr viel, was sie tun konnten. Immerhin fragten sie Paul und Marianne über jedes Detail zum Aussehen des Entführers genaustens aus, damit die bayerischen Kollegen aus den Angaben später das Phantombild anfertigen konnten. Dabei erstaunte Marianne den dicken Polizisten dermaßen durch ihre Beobachtungsgabe und die präzisen Schilderungen, dass dieser vorschlug, sie vielleicht besser gleich mit auf die Wache zu nehmen. Dort könnte sie dem Phantombild-Ersteller möglicherweise direkt behilflich sein.

Röbler schüttelte entschieden den Kopf.

„Ich fahre aber gerne mit", sprudelte Marianne aufgedreht los. „Wenn ich Ihnen – und damit Sascha – irgendwie helfen kann, dann bin ich dabei!"

„Nein, es ist wirklich besser, wenn du nicht mitfährst. Aber bleib ruhig in meiner Nähe. Ich denke, den Rat von einem so klugen Mädchen, das auch noch solch eine Fähigkeit hat, genau zu beobachten, werde ich noch gut brauchen können."

„Schleimer", murmelte Paul leise vor sich hin. Doch Mariannes Eifer machte ihm plötzlich etwas klar. Logo, wenn man felsenfest der Meinung war, dass man zu einem

Polizisten ins Auto stieg, dann musste man gar nicht gefesselt werden, damit man entführt werden konnte. Während Röblers Kollege sich wieder ächzend in den Wagen fallen ließ, rief ihm der Junge zu: „Und achten Sie auf silberne Golfs!“

„Ja, natürlich“, brummte der zurück. Aber so richtig überzeugend klang das in Pauls Ohren nicht. Es machte ihn langsam wütend, dass diese Polizisten dermaßen die Ruhe wegzuhaben schienen. Sie sollten ja nicht wie aufgeregte Hühner durch die Gegend laufen, aber ein bisschen mehr Action wäre doch angebracht gewesen.

Während der Dicke davonbrauste, blickte Paul zu Röbler: „Ich will etwas für Sascha tun. Kann ich Ihnen irgendwie helfen?“

„Ja. Zwei Dinge kannst du tun. Erstens: Vertraue uns. Wir wissen genau, was wir zu tun haben in Bezug auf Sascha. Wirklich.“

Der Junge schnaufte zweifelnd. „Und zweitens?“

„Bleib du auch in meiner Nähe, damit dir nicht auch noch was passiert.“

„Meine Eltern sind nicht reich.“

„Nein, aber diese Entführer sind extrem gefährlich.“

Aha. Der Röbler hatte Luisa vorhin also doch angelogen. Paul schluckte schwer und nur mit äußerster Selbstbeherrschung konnte er den Impuls unterdrücken, dieses Wissen laut auszusprechen. Ein diffuses Bauchgefühl sagte ihm … es sagte ihm … ja, was eigentlich?

„Mach uns keinen Ärger und erzähle mir immer alles, was dir zu Sascha oder der Entführung einfällt.“

Jawohl … genau das sagte ihm sein Bauchgefühl: Er

würde dem Röbler *nicht* alles erzählen und schon gar nicht immer in seiner Nähe bleiben. Mochten Erwachsene doch glauben, besonders dann, wenn sie Polizisten waren, dass Kinder ein bisschen doof waren. Aber er würde es dem Typen noch zeigen. Und er würde sein Versprechen einlösen, das er Sascha gegeben hatte. Er würde sie beschützen!

Paul schaute auf seine Uhr. Es war nun halb zwei. Wahrscheinlich würde Saschas Mutter gegen 20 Uhr hier eintrudeln. Bis dahin musste er unbedingt schon etwas Wichtiges herausgefunden haben. Ein leichtes Kribbeln machte sich in seinem Bauch bemerkbar. Ja, das war der richtige Weg!

„Wo gehst du denn jetzt hin?", rief Marianne, als er sich umdrehte und den Parkplatz in Richtung Internat verließ.

„Ich frage, ob die in der Küche noch was vom Mittagessen für mich übrig haben", gab er zurück und verschwand durch die Eingangstür.

Kaum, dass die Tür sich hinter ihm geschlossen hatte, rannte Paul die Treppen hinauf in den dritten Stock. Er brauchte heute nicht mehr am Unterricht teilzunehmen, hatte Frau Hasser gesagt. Das war gut. So hatte er den ganzen Nachmittag, um mit seinem Fahrrad die Umgebung zu erkunden. Er würde nach silbernen Golfs Ausschau halten und nach allem anderen, was ungewöhnlich aussah. Vielleicht traf er sogar Menschen, die etwas Verdächtiges beobachtet hatten. In Windeseile hatte er den Schlüssel für das Fahrradschloss aus seinem Zimmer geholt und war wieder nach unten geeilt. Natürlich musste er vorsichtig sein, dass er möglichst niemandem in die Arme lief. Er wollte es nicht riskieren, dass irgendein Lehrer oder gar noch der Herr Sonderermittler persönlich ihm das Verbot erteilte, das Internatsgelände zu verlassen. Dass er sich in Röblers Nähe aufhalten sollte, wertete Paul bisher lediglich als Empfehlung.

Sein Magen knurrte. Vielleicht hätte er doch noch mal in der Küche vorbeischauen sollen. Aber jetzt in aller Ruhe noch einen Happen zu essen, während Sascha da draußen in Gefahr war, schien ihm absurd.

Nur einen Augenblick später stand Paul im Fahrradschuppen. Der befand sich an der Rückseite des Geräteschuppens, sodass ihn niemand sehen konnte, selbst wenn die anderen noch alle auf dem Parkplatz standen … Moment mal! Hatte gestern, als Paul und Sascha auf den Treppenstufen saßen und sich über ihre Familien unterhielten, nicht der Fischer an der abgeschlossenen Tür des Geräteschuppens gerüttelt? Gestern waren ihm dazu zwei Dinge gar nicht in den Sinn gekommen, die eigentlich seltsam waren. Zum einen: Warum war die Tür überhaupt abgeschlossen? Das war sie normalerweise tagsüber nie. Wahrscheinlich hatte irgendjemand die Tür versehentlich versperrt, weil er in Gedanken war. Und dann blieb noch die Frage: Warum wollte ein Entführer unbedingt in den Geräteschuppen? Um ein Versteck für Sascha auszuloten? Bestimmt nicht. Um Sascha von dort drinnen heimlich zu beobachten? Keine Chance, die Wände hatten keine Ritzen oder Löcher, durch die man heimlich schauen konnte. Was wollte er dort drinnen?

Paul schlich sich aus dem Fahrradschuppen heraus und spähte vorsichtig um die Ecke. Tatsächlich, der Parkplatz war leer, die Luft war rein. Schnell huschte er um die Seitenwände der beiden Schuppen herum und drückte die Klinke des Geräteschuppens herunter. Heute war nicht abgeschlossen. Der Junge schlüpfte hinein und zog die Tür hinter sich zu. Dann schaute er sich um. Durch das Plexiglasdach fiel genug Licht, damit er gut erkennen konnte, was dort an Werkzeugen, Regalen und Ähnlichem stand. Alles war dreckig und staubig – wie es in solch einem Abstellraum normal war. Fußspuren konnte man jede Menge erkennen, aber alle sahen gleich bedeutungslos aus. Wonach suchte er eigentlich?

Paul ließ seinen Blick weiterwandern. Rasenmäher, Harken, Schaufeln, Eimer, Hacke, Besen, leere Müllsäcke und so weiter. Sogar in einen halb vollen Sack, auf dem „Blumenerde" stand, schaute er hinein. Tatsächlich, dort war nur Blumenerde drin. An der Wand hingen eine Verlängerungsschnur, ein Handfeger, eine Müllschippe, eine große Taschenlampe, diverse Werkzeuge und ein stark vergilbter Zettel mit den goldenen Regeln der Werkzeugnutzung und -pflege. Auf den beiden Regalen an der Stirnseite des Schuppens stapelten sich Kleinstmaterialien und unendlich viele Blumentöpfe. Paul seufzte. Hier irgendetwas zu suchen, von dem er selber nicht wusste, was es sein konnte – oder ob es überhaupt etwas zu finden gab! –, war zwecklos. Doch gerade als er sich schwungvoll umdrehen und wieder nach draußen laufen wollte, bremste eine plötzlich umkippende Schneeschaufel ihn aus. Ihr Stiel fiel ihm direkt quer vor die Füße. Mit rudernden Armen versuchte er, sein Gleichgewicht zu halten, was dazu führte, dass ein lautes Klirren hinter ihm ertönte. Noch bevor er sich umschaute, wusste er, was passiert war. Er hatte ein paar Blumentöpfe vom Regal geworfen.

„So ein Mist", murmelte Paul. Eilig bückte er sich, um die Scherben notdürftig zusammenzuschieben und hielt wie erstarrt inne. Auf dem Boden, inmitten der Tonscherben, entdeckte er etwas, was ihn förmlich elektrisierte: einen Schlüssel. Vorsichtig streckte er seine Hand danach aus und hob ihn auf. Es sah aus wie der Zweitschlüssel für ein Auto. Auf dem Kopf waren deutlich zwei Buchstaben zu sehen: V und W.

Pauls Herz raste. Das war der Zweitschlüssel für einen VW. Möglicherweise für einen VW Golf. Etwa … für den *silbernen* VW Golf? Unmöglich! Oder doch nicht? Aber warum sollte hier ein Zweitschlüssel ausgerechnet zu diesem verdächtigen Auto lagern?

Andererseits – welcher normale Mensch legt seinen Ersatzautoschlüssel in einem unverschlossenen Geräteschuppen in einen Blumentopf? Paul schwirrte der Kopf. Schnell steckte er den Schlüssel in die Hosentasche, öffnete die Tür des Geräteschuppens einen kleinen Spalt, drückte sich durch die schmale Öffnung und eilte wieder zum Fahrradschuppen zurück. Dieser Schlüssel hatte, wenn er das richtig gesehen hatte, einen Knopf, mit dem man per Funk die Zentralverriegelung öffnen konnte. Atemlos stand Paul vor seinem Fahrrad, griff noch einmal in die Hosentasche und zögerte.

Du musst den Schlüssel dem Röbler geben, mahnte ihn sein Verstand. Doch sein Bauchgefühl hielt dagegen: *Der Röbler wartet doch nur ab. Nein, ich werde jetzt das Auto suchen, zu dem dieser Schlüssel passt. Mit einer Funkfernbedienung kann ich das bestimmt ganz unauffällig tun. Und wenn ich ihn gefunden habe, dann gehe ich zu dem Herrn Polizisten und erzähle ihm alles. Dann muss er einfach etwas tun, um Sascha zu finden.*

Eilig öffnete der Junge sein Fahrradschloss, schob das Rad aus dem Schuppen, setzte sich drauf und trat kräftig in die Pedale. Nur eine Minute später raste Paul mit voller Geschwindigkeit die Auffahrt zum Internat hinunter.

Der silberne Golf kam auf einer kleinen Waldlichtung zum Stehen, an deren Rand sich ein ziemlich verwittertes Gebäude befand.

„Warum halten wir hier?“, fragte Sascha.

„Weil wir schon da sind.“

„Was? Hier? Ist das Ihr Ernst? Diese Bruchbude da vorne ist doch kein Polizeigebäude.“

Herr Fischer lachte ein wenig gequält. „Oh Mann, da hast du genau den wunden Punkt angesprochen. Ich bin extra von Berlin hierher gekommen, um gegen eine Entführerbande zu ermitteln und dich zu beschützen, und alles, was mir die bayerischen Behörden zur Verfügung stellen, ist so ein armseliges Quartier. Tja, die Realität hat nicht immer etwas mit den tollen Krimi-Filmen zu tun.“

Glaubte dieser Mann tatsächlich, dass ihm Sascha auch nur ein einziges Wort abnehmen würde? Für so extrem dämlich konnte er sie doch nicht halten. Was sie in dem Bruchteil einer Sekunde plötzlich empfand, war unbeschreiblich. Schlagartig war ihr alles klar. Der da neben ihr saß, war kein Polizist. Und dieses grauenhafte, marode Gebäude, auf das sie starrte, war garantiert kein Polizeinotquartier. Alles, was man ihr erzählt hatte, war eine Falle, und sie war direkt hineingelaufen – wie ein dummes Schaf. Und ihre Mutter, die Herrn Fischer so vertraut hatte, war das Oberschaf. Saschas Herz klopfte so heftig, als wäre es kurz vorm Zerspringen.

Scheiße! Ich Idiot! Was soll ich nur machen? Ich könnte schreien! Wie doof bin ich eigentlich, dass ich alleine in diesen Wagen eingestiegen bin? Und kein Mensch weiß, wo ich bin. Garantiert hat der Typ, mit dem der Fischer gesprochen hat, vorhin auch nicht Frau Hasser angerufen.

Sascha spürte, wie die Panik in ihr hochstieg und sie wie eine Monsterwelle zu überfluten drohte. Am liebsten hätte sie die Autotür aufgerissen und wäre davongerannt, aber sie konnte nicht. Sie war vor Entsetzen wie gelähmt. *O mein Gott, wenn es dich gibt, dann hilf mir bitte!*

Was war das? Der Gedanke an Gott, an einen Gott, der helfen kann, war Sascha ja nicht ganz neu. Aber nach den Gesprächen, die sie in den letzten Tagen mit Frau Schuster geführt hatte, hatte sie nun plötzlich das Gefühl, zum ersten Mal in ihrem Leben Gott wirklich ernsthaft um etwas gebeten zu haben. Und sie war sich ganz sicher: Er hatte ihre Worte gehört. Irre!

Äußerlich hatte sich ihre Situation nicht geändert. Aber tief in ihr drin war ihr plötzlich so, als hätte irgendein Kinoheld das Steuer ihrer gefährlich schlingernden Gedanken an sich gerissen und das Kommando übernommen.

Okay, ganz ruhig, bleib gaaanz ruhig. Welche Möglichkeiten hast du, Sascha? Die Tür aufreißen und wegrennen? Selbst wenn du es trotz deiner vor Angst zitternden Beine versuchen würdest, es klappt sicher nicht. Besonders dann nicht, wenn er eine Pistole dabeihat und dich erschießen würde, wenn du nicht stehen bleibst. Also gibt's wohl nur eins: Spiel erst mal weiter mit, egal, wie dumm du dir dabei vorkommst. Wiege ihn in Sicherheit. Vielleicht hast du dann doch noch eine Chance, zu entkommen.

„Die haben Sie wirklich in dieser Ruine untergebracht? Das ist ja furchtbar! Sie müssen sich unbedingt beschweren. Hat der Herr Polizeidirektor denn auch hier sein Büro?“ Es kostete Sascha unendlich viel Mühe, so naiv wie möglich zu klingen, aber zu ihrem großen Erstaunen schien der Mann neben ihr nichts zu merken.

„Nein. Einen Polizeidirektor hier einzuquartieren traut sich keiner. Nee, der ist schon standesgemäßer untergebracht. Aber heute wollte er zu einer Besprechung hierherkommen. Du hast ja selbst gehört, dass er meinte, ich solle dich mitbringen, damit wir gemeinsam über den Fall reden können. Nur sehe ich komischerweise sein Auto gar nicht.“

„Vielleicht meinte er ja, dass Sie mich dahin bringen sollen, wo er sonst sein Büro hat.“

„Ach, weißt du was, wir warten einfach da drinnen auf ihn. Er wird bestimmt gleich da sein. Schließlich will er dich ja sehen.“ Mit einem Lächeln öffnete Herr Fischer die Fahrertür. „Komm, wir steigen schon mal aus.“

Paul raste mit seinem Fahrrad die Straße hinunter, die sich durch den Wald schlängelte, der das Internat umgab. Als er nach gut einem Kilometer die Bundesstraße erreicht hatte, bremste er scharf ab. Sein Atem ging schnell. Mit dem Unterarm wischte er sich die ersten Schweißperlen von der Stirn. Hektisch blickte er nach rechts und nach links. In welche Richtung sollte er fahren? Waren dieser Herr Fischer und Sascha überhaupt noch hier in der Nähe? Vielleicht fuhr er geradewegs mit ihr nach Berlin. Was dann? Dann hatte er verloren. Dann würde er sie sowieso nicht mehr finden können. Alles, was er jetzt noch tun konnte, war, die nähere Umgebung abzusuchen – und zwar die Umgebung, in der nicht viele Menschen anzutreffen waren und die etwas hergab, das ortsunkundigen Berlinern als Versteck für eine Geisel dienen konnte.

Gib es auf. Lass es sein, wisperte es in ihm. Du bist nur ein Junge, was kannst du schon ausrichten? Fahr zurück und gib dem Röbler den Schlüssel.

Das Klingeln seines Handys riss Paul aus dem Strudel von Ohnmachtsgefühlen und Pessimismus. Röbler versuchte, ihn zu erreichen.

„Ja?"

„Paul, wo bist du?", hörte er die besorgte Stimme des Mannes. „Marianne und ich haben dich schon in der Küche, im Speisesaal und auf deinem Zimmer gesucht, aber da bist du nicht."

„Gibt es etwas Neues von Sascha?"

„Nein, leider nicht. Wo bist du?"

„Ich war gerade eben im Geräteschuppen und habe etwas Interessantes entdeckt."

„Was denn?"

„Einen Schlüssel. Er war in einem Blumentopf versteckt."

„Was?!" Röblers Stimme überschlug sich beinahe vor Aufregung. Doch sehr schnell hatte er sie wieder im Griff. „Pass auf, Paul. Fass nichts an. Und schon gar nicht den Schlüssel. Auf ihm könnten Fingerabdrücke oder Faserspuren sein, die ganz wichtig sind und die wir unbedingt auswerten müssen. Zumindest aber werden wir über die Seriennummer das Fahrzeug identifizieren können. Das bringt uns einen Riesenschritt vorwärts. Paul, du bist ein Prachtkerl! Ich schlage dich als Ehrenmitglied des Berliner Sonderermittlungsteams vor. Warte, ich komme gleich rüber."

Soeben wollte er noch rufen „Aber ich bin doch gar nicht mehr in dem Schuppen", doch Röbler hatte schon aufgelegt. Paul stand wie vor den Kopf geschlagen am Straßenrand. Fingerabdrücke! Faserspuren! Warum hatte er daran nicht gedacht? Na super, diese Hinweise werden die Polizisten jetzt wohl nicht mehr auswerten können. Langsam zog er seinen Fund wieder aus der Hosentasche und betrachtete ihn, wie er auf seiner flachen Hand lag. Moment mal! Langsam legte er seine Finger wieder um den Schlüssel herum, bis er ihn fest in der Faust hielt. Über die Seriennummer das Fahrzeug ermitteln? Woher wusste der Röbler, dass er einen *Auto*schlüssel gefunden hatte?

Während Herr Fischer aus dem Auto stieg, blieb Sascha im Fahrzeug sitzen. Eilig zog sie ihr Handy aus der Hosentasche und schaltete es ein. „PIN-Code eingeben", wurde sie aufgefordert. Hastig tippte sie die vier Zahlen ein. Ein Warnton schrillte: „Falsche Eingabe." Hastig schaute sie durch die Heckscheibe. Der Mann ging gerade gemächlich um sein Auto herum, um Sascha die Tür zu öffnen und aus dem Wagen zu holen. Ob er bemerkt hatte, dass sie ihr Handy in der Hand hielt? *O bitte, bitte nicht!* Sie stellte sich in Gedanken vor, dass sie Pauls Nummer wählen und dann das Gerät in die Hosentasche stecken würde. Er würde hoffentlich abnehmen und dann alles mithören können, was gesagt wurde. Und dann konnte er die richtige Polizei informieren. Sie konzentrierte sich nun ganz besonders auf die PIN-Nummer. Auch beim zweiten Mal piepste es. Das gab's doch nicht! Jetzt hatte sie nur noch einen Versuch, ansonsten würde das Telefon endgültig gesperrt sein.

Fischer hatte fast ihre Tür erreicht. 1-0-0-8 gab sie sorgfältig ein. Piiiiieps. Nein! Nein!! Das konnte nicht sein! Sie hatte doch die richtige Nummer eingegeben, das wusste sie genau! Es sei denn … Natürlich, Fischer hatte vorhin bei ihrem Handy die PIN-Nummer geändert, damit sie ihr Telefon nicht mehr benutzen konnte. Von wegen „die Konfiguration hat sich durch den Sturz verstellt"! *Und auf so was Dämliches bin ich auch noch reingefallen. Schwachkopf!*

Möglichst unauffällig ließ sie das Handy wieder in ihre Hosentasche gleiten, obwohl sie es eigentlich auch gleich wegwerfen konnte. Es noch länger mit sich herumzutragen war sinnlos. Was konnte sie jetzt noch tun? Nichts. Gar nichts. Sascha sackte auf ihrem Sitz zusammen. Gerade eben war sie sich noch so sicher gewesen, dass Gott sie gehört hatte. Möglicherweise hatte er das auch. Aber das hieß wohl noch lange nicht, dass er deswegen irgendetwas tun würde. Aber warum sollte er auch ausgerechnet ihr helfen?

Dann lass es eben sein! Wenn das deine Art von „Hilfe" ist, dann brauche ich dich nicht! Hörst du?! Ich brauche dich nicht!!

Sascha hatte keine Ahnung, was da gerade in ihrem Innersten passiert war. Es fühlte sich an, als wäre ein kleines Pflänzchen zertreten worden; ein zartes Gefäß in tausend Scherben zerbrochen. Sie hatte sich doch so sehr gewünscht, dass Frau Schuster recht gehabt hätte. Und jetzt? Jetzt war da nur noch das Gefühl von tiefer Enttäuschung, bleischwerer Hoffnungslosigkeit … und rasender Angst.

Von außen wurde die Autotür geöffnet.

„Möchtest du nicht aussteigen?"

„Mir ist plötzlich so schlecht", antwortete das Mädchen. Und das war noch nicht einmal gelogen. „Kann ich noch ein bisschen hier sitzen bleiben?"

„Wenn du möchtest, dann kann ich dich auch ins Haus tragen. Glaub mir, es sieht nur von außen so verkommen aus. Drinnen kannst du dich hinlegen. Da steht eine Liege."

Ins Haus tragen? Bei dem Gedanken, dass dieser Mensch sie hochheben und tragen könnte, wurde ihr gleich noch schlechter. *Bloß nicht!*

„Es geht gleich wieder. Nur noch ein paar Sekunden, ja?"

„Komm", sagte er mit einem Hauch von Ungeduld in der Stimme und streckte ihr die Hand hin, um ihr aus dem Auto zu helfen.

Paul fürchtete sich vor seinen eigenen Gedanken. Wenn das stimmte, was er sich hier gerade zusammenreimte, dann war das die Mega-Katastrophe. Er versuchte, noch mal genau zu überlegen. Hatte er nicht doch vielleicht selbst etwas von einem Autoschlüssel gesagt? Nein, er hatte nur einen Schlüssel erwähnt, ganz allgemein, da war er sich zu 99,9 Prozent sicher. Okay, aber bedeutete die Tatsache, dass der Röbler etwas von der Existenz dieses Schlüssels im Blumentopf gewusst haben musste, zwangsläufig etwas Schlechtes? Die Antwort darauf konnte er sich locker selber geben.

Er musste Saschas Mutter anrufen und sie über diese Typen informieren, sofort! Das Blöde war nur, dass er ihre Nummer nicht hatte. Und den Röbler konnte er ja schlecht anrufen und ihn um die Nummer bitten.

Was war das? Noch während Paul fieberhaft vor sich hin überlegte, rauschte ein schwarzer Audi an ihm vorbei. Wahrscheinlich hätte der nicht weiter seine Aufmerksamkeit erregt, wenn er ihn heute nicht schon einmal gesehen hätte: den schwarzen Wagen mit dem Berliner Nummernschild.

Sofort schwang sich Paul auf sein Fahrrad. An dieser Stelle war die Bundesstraße glücklicherweise fast schnurgerade, sodass er das Auto lange im Blick behalten konnte. Natürlich war ihm bewusst, dass er den Wagen nicht mit seinem Fahrrad einholen konnte. Aber nun wusste er wenigstens, in welcher Richtung er anfangen konnte, nach Sascha zu suchen.

Täuschte er sich? Weit dort hinten, kurz bevor er das Auto aus dem Blick verloren hätte, sah es so aus, als ob die Bremslichter des Wagens aufleuchteten. Dann bog das Fahrzeug langsam nach rechts ab.

Ein leises Motorengeräusch weckte Fischers Aufmerksamkeit. Er wandte seinen Kopf und sah den Waldweg hinunter, während er Sascha weiter die Hand hinhielt, um sie zum Aussteigen zu bewegen. Ein dunkler Wagen kam in ihre Richtung gefahren.

„Na bitte, da ist er ja schon."

„Wer?"

„Der Polizeidirektor, Herr Voss. Komm, jetzt steig mal schnell aus, damit wir ihn zusammen begrüßen können."

Widerwillig quälte sich Sascha aus dem Auto, jedoch ohne Fischers Hand zu ergreifen.

Das schwarze Auto war zum Stehen gekommen und ein korpulenter Mann stieg aus, der wie eine Kopie von Bud Spencer hätte aussehen können, wenn er nicht gleichzeitig so unsympathisch und ungepflegt gewirkt hätte.

„Mann, Mann, Mann", ächzte er. „Da bin ich doch glatt dreimal an dieser Einfahrt vorbeigefahren, weil ich die immer übersehen habe."

„Ja", gab Fischer bissig zurück, „der Weg ist wirklich ganz schlecht ausgeschildert."

„Ist ja auch okay so", entgegnete der dicke Mann mit einem winzigen Lächeln auf den Lippen.

Paul gab alles. Er trat so heftig in die Pedale, dass er sich dabei nicht einmal auf den Sattel setzte. Wie ein Tour-de-France-Fahrer beim Sprint holte er alles aus sich und dem Rad heraus, was ging. Während er seinen keuchenden Atem hörte, die Beine anfingen, immer schwerer zu werden, und ihm der Schweiß über das Gesicht und den Rücken lief, drängte sich ihm ein Gedanke auf, der sich einfach nicht abschütteln ließ: 50-15. Diese beiden Zahlen hatte sein Vater in seinen Predigten öfters als die Telefonnummer Gottes bezeichnet, weil Gott in der Bibel in Psalm 50, Vers 15 sagt: „Rufe mich an in der Not, so will ich dich erretten …"

Erst wollte Paul diesen Gedanken entschieden zurückdrängen, so wie er es in den letzten drei Jahren immer getan hatte, wenn er an irgendetwas Religiöses erinnert wurde. Aber nun konnte er es nicht mehr. Während er auf dem Asphalt dahinschoss, wurde ihm mehr als deutlich klar, dass er 13 Jahre alt war, dass er keine Ahnung hatte, was passieren würde, wenn er dort vorne ebenfalls rechts abbiegen würde … und dass er sich nur eins wünschte: nämlich dass Sascha aus diesem furchtbaren Albtraum ganz schnell und heil wieder herauskam! Plötzlich empfand er seinen Groll Gott gegenüber als ziemlich kindisch. Dass er ungefragt in ein Internat gesteckt wurde – du meine Güte, was war denn das für eine Banalität im Vergleich zu dem, was hier gerade passierte!

„Gott, ich bin in Not. Und noch viel mehr ist Sascha in Not. Wir beide brauchen dich. Bitte hilf uns. Ich weiß, dass ich deine Hilfe nicht verdient habe, aber Sascha hat sie bestimmt verdient. Ich habe oft genug gehört, dass man über dich sagt, du wärst ein guter Gott. Soll ich dir was sagen? Keine Ahnung, warum mir das plötzlich so klar ist, aber ich glaube, das stimmt. Hol uns hier raus! – Bitte!" Paul beendete sein unkonventionell formuliertes Gebet und bremste scharf ab. Sein Fahrrad blieb so abrupt stehen, dass er beinahe über den Lenker geschossen wäre. Seine Beine schmerzten und seine Lungen bemühten sich verzweifelt, so schnell und so viel Luft einzuatmen, wie es sein Körper verlangte.

Rechts von der Straße ging ein kleiner, sehr unscheinbarer Waldweg ab. Paul wusste sofort Bescheid. Dort, etliche Hundert Meter vor ihm, lag das alte Gutshaus am Rande einer Lichtung. Dorthin konnten sie Sascha durchaus gebracht haben. Diese Unterkunft war beinahe ideal. Selbst wenn Sascha sich durch Schreien bemerkbar machen wollte – bis zur Straße würde ihr Rufen niemals durchdringen. Und in der näheren Umgebung gab es nichts und niemanden, der dort wohnte. Damals, als Paul neu in das Internat gekommen war, hatte er einmal eine Nachtwanderung zu diesem alten Gebäude mitgemacht. Das war ihm als sehr gruselig im Gedächtnis haften geblieben. Seitdem jedoch hatten er und alle anderen Bewohner von Hohenach dieses Gutshaus ausdrücklich nicht mehr betreten dürfen. Aus einem sehr guten Grund: Es war stark einsturzgefährdet!

„So, da haben wir ja unser Goldstück", meinte der unsympathische Typ, während er Sascha über die blonden Haare wuschelte. Sofort zuckte sie mit dem Kopf zurück, als wäre die Hand des Mannes aus glühend heißem Stahl gewesen.

Fischer schaute den anderen erschrocken an. Er war wohl nicht darauf vorbereitet gewesen, dass sein Kumpel mit diesem Auftritt das falsche Polizeispiel für beendet erklärte. Die Masken waren endgültig gefallen. Nun konnte Sascha endlich fragen.

„Was machen Sie jetzt mit mir?"

„Wir begleiten dich jetzt erst einmal in dieses herrliche Gutshaus", meinte der Dicke in einem Ton und mit einer entsprechenden Handbewegung, als würde er Sascha ein Märchenschloss zeigen.

Sie blickte hinüber. An vielen Stellen der Fassade fehlte der Putz. Nackte, verrottet aussehende Ziegelsteine schienen sich nur mit allergrößter Mühe an dem Platz halten zu können, der ihnen vom Erbauer zugewiesen worden war. An einer Stelle zwischen dem lädierten Dach und einer blinden Fensterscheibe hing noch ein kleiner Rest Zierstuck, der ungefähr so trostlos wirkte wie ein einzelner Zahnstumpf im Mund eines uralten Mannes. Ein gruseliges Bauwerk!

Dieses Ding ist kein Gebäude, das ist ein Albtraum!, ging es Sascha durch den Kopf. Ein eiskalter Schauer lief ihr über den Rücken.

In einem ironisch-freundlichen Ton fuhr der Mann fort: „Dort drin gibt es einen faszinierenden unterirdischen Weinkeller – leider ohne Wein und ein kleines bisschen kühl. Aber es ist ein großer Raum, den du ganz für dich alleine haben wirst. So ein geräumiges Einzelzimmer hast du in dem Internat garantiert nicht. Dass es kein Fenster gibt, wird dich wahrscheinlich etwas stören, aber das ist dann eben Pech. Mehr werden wir mit dir nicht tun. Im Gegenteil, wir werden dich gar nicht weiter stören. Nachdem wir dich dort unten einquartiert haben, werden wir uns nur noch einmal wiedersehen. Zumindest dann, wenn alles gut geht."

„Was meinen Sie mit ‚wenn alles gut geht'?"

„Na was wohl? Wenn deine Mutter ganz schnell die drei Millionen auftreibt, dann holen wir dich aus dem Keller wieder raus. Wenn nicht, werden wir uns einfach nie mehr wiedersehen … Wenn du weißt, was ich damit meine."

Ohne dass sie es hätte verhindern können, schossen Sascha Tränen in die Augen. Es machte sie so ärgerlich, dass sie ihre Verzweiflung nicht besser vor den beiden fiesen Kerlen verbergen konnte. Diese Genugtuung gönnte sie ihnen einfach nicht. Aber die Furcht vor dem, was sie hier erwartete, war einfach so schrecklich groß! Hastig drehte sie ihnen den Rücken zu.

„Ich hoffe, du hast keine Angst vor Spinnen. Könnte ja sein, dass dort in dem dunklen Keller ein paar fette Exemplare rumkrabbeln", hörte sie die fiese Stimme von Voss.

Es musste das Wort „Spinnen" gewesen sein, das den letzten Rest an Haltung, den sie noch aufbringen konnte, in tausend Stücke sprengte. Sie begriff selbst nicht, was mit ihr passierte – plötzlich hörte sie sich einen durchdringenden, markerschütternden Schrei ausstoßen.

Pauls Herz schien einen Moment lang auszusetzen. Mit seinem Fahrrad war er in den Waldweg eingebogen, den er so schnell und trotzdem so vorsichtig, wie er konnte, entlangfuhr. Er hatte diesen Schrei gehört, der aus einiger Entfernung kam und dennoch so furchtbar klang, dass ihm richtig übel wurde. Es klang nicht wie Sascha, aber er wusste genau: Das *war* sie. Er bremste ab. Seine Hände zitterten so sehr, dass ihm sein Handy, als er es aus der Hosentasche zog, entglitt und zu Boden fiel. Schnell stieg er vom Rad und hob es auf. Nun, wo er diesen furchtbaren Schrei gehört hatte, wusste er sicher, wo Sascha war und dass sie in Gefahr war. Es war Zeit, die Polizei anzurufen. Die *echte* Polizei. Während er die 110 wählte, schickte er ein aufgewühltes Stoßgebet zum Himmel, das immer und immer wieder nur aus zwei Wörtern bestand: „Hilf ihr, hilf ihr, hilf ihr …"

Nach dem zweiten Klingelton meldete sich eine männliche Stimme: „Polizeieinsatzzentrale Niederbayern. Bitte nennen Sie mir Ihren Namen und beschreiben Sie genau, was geschehen ist."

„Hier ist Paul. Sie müssen sofort kommen, Sascha ist in Gefahr! Sascha Mai, die Tochter von der Sängerin Luisa Mai. Sie ist entführt worden. Ich bin hier im Wald bei dem alten Gutshaus, da bei der Bundesstraße 303. Die Entführer sind auch hier. Ich habe sie gerade schreien gehört, also Sascha, meine ich. Sie müssen bitte sofort kommen!"

„Langsam, langsam. Sascha Mai ist also entführt worden?"

„Ja. Die Männer tun ihr bestimmt gerade etwas an. Bitte kommen Sie her!"

Die Stimme am anderen Ende zögerte leicht, dann meinte sie: „Also, ich weiß ja nicht genau, was Sie damit bezwecken."

Paul glaubte, sich verhört zu haben. „Wie bitte? Sie sollen kommen und Sascha befreien! Sofort!"

„Das ist nun schon der neunte Anruf innerhalb von drei Tagen, dass wir zu irgendwelchen absonderlichen Orten gerufen werden, weil eine Sascha Mai entführt worden sein soll. Wie war doch gleich Ihr Name?"

„Paul. Paul Gerhardt."

Der Mann am anderen Ende des Telefons stutzte kurz, als würde er überlegen. Dann lachte er laut auf. „Ach, diesmal sind Sie also Paul Gerhardt? Der berühmte Kirchenliederdichter? Na, da sind Sie ja schon über 300 Jahre tot. Übrigens: Martin Luther, Johann Sebastian Bach oder Albert Schweitzer fand ich origineller."

Dem Jungen verschlug es glatt die Sprache. Was war da los? Das gab es doch nicht, dass ihm die Polizei nicht glauben wollte! Eine unheilvolle Ahnung beschlich ihn. Diese Schweinebande! Sie hatten bei ihrem Plan wirklich alles perfekt vorbereitet!

„Einen Augenblick bitte", hörte Paul plötzlich den Mann am Telefon sagen. Irgendjemand schien ihm eine Art Anweisung oder Hinweis zuzuflüstern. „Also, Bundesstraße 303, ja? Auf welcher Höhe befindet sich dieses Gutshaus?"

Paul verstand gar nichts mehr. Erst klang es so, als würde die Polizei ihn für einen Spaßvogel halten, der seit Tagen falschen Alarm auslöst, und nun schienen sie diesen Anruf zumindest ein wenig ernst zu nehmen. So gut er es in seiner Aufregung konnte, beschrieb der Junge, wie die Polizisten zu dem verfallenen Gutshaus gelangen konnten.

„Kommen Sie denn jetzt?"

„Hm … ja."

„Sie *müssen* kommen, hören Sie? Es geht um Leben und Tod!“

„Ja, ich habe verstanden.“ Der Unterton, der in der Stimme mitschwang, klang gereizt. Während am anderen Ende aufgelegt wurde, war sich Paul nicht im Geringsten sicher, was jetzt passieren würde. Aber sie würden doch sicher kommen, sonst hätten sie sich von ihm nicht diese genaue Wegbeschreibung geben lassen. Noch immer zitterte er. Er zog sein Fahrrad an den Wegrand und beschloss, es dort liegen zu lassen. Die letzten Meter lief er vorsichtig im Schutz der Büsche und Sträucher auf das Gutshaus zu.

„Jetzt aber schnell ab mit ihr in den Keller“, zischte Voss seinem Kumpel ungeduldig zu. Nach Saschas lautem Schrei hatte er sie gepackt. Mit dem linken Arm drückte er sie fest an sich, mit der rechten Hand hielt er ihr den Mund zu.

„Warte, wir sollten ihre Mutter anrufen, solange wir noch hier draußen sind. Unten haben wir vielleicht keinen guten Empfang mehr.“

„Ja, dann los, beeil dich. Ich habe keine Lust mehr, mich noch länger mit diesem Balg hier beschäftigen zu müssen. Warum erschießen wir sie nicht? Solange keiner weiß, dass sie tot ist, zahlt ihre Mutter das Lösegeld trotzdem, wetten?“

„Sag mal, hast du sie nicht mehr alle? Das hatten wir doch mit Bernd schon abgeklärt. Wir ziehen das jetzt so durch und fertig. Los, ruf sie an.“

„Meinetwegen“, murmelte Voss mürrisch und nahm seine Hand von Saschas Mund. Dann zog er sein Handy aus der Jackentasche und wählte eine Nummer. „Hallo Frau Mai, hier möchte Sie jemand sprechen.“ Er hielt Sascha das Telefon hin.

„Mama? Mama, bist du dran? – Das weißt du schon? – Mach dir keine Sorgen. Mir geht es gut. – Nein, ich habe keine Angst.“ Sascha hatte sich so fest vorgenommen, stark und zuversichtlich zu klingen, aber sie hatte sich schon längst nicht mehr im Griff. Den letzten Satz hatte sie nur unter Tränen und heftigem Schluchzen sehr undeutlich hervorgebracht. Die Beteuerung „Wirklich, Mama, es ist alles okay“ konnte wohl nur noch sie selbst verstehen.

Der Dicke nahm ihr das Telefon wieder aus der Hand. „Frau Mai? – Nein, wir haben ihr nichts getan, und dabei soll es auch gerne bleiben. Allerdings hängt das ganz von Ihnen ab. – Ja, so ein paar Euro hätten wir schon gerne dafür. Drei Millionen, um präzise zu sein. – Ganz sicher haben Sie viele gute Freunde, die Ihnen da auf die Schnelle ein bisschen aushelfen können. Lassen Sie sich etwas einfallen. Im Interesse Ihrer Tochter würde ich an Ihrer Stelle aber nicht mehr allzu lange damit warten. Wir melden uns wieder. – Ach, nur vorsichtshalber sei noch einmal ausdrücklich erwähnt: keine Polizei! Ist das klar? – Sehr gut. Ich sehe schon, Sie wissen, wie ein Deal ablaufen muss, damit er für beide Seiten perfekt ist.“

Er beendete das Gespräch und steckte sein Handy wieder ein.

„So, das reicht erst mal. Wir lassen sie jetzt noch ein bisschen schmoren und dann kriegt sie unsere Vorstellung bezüglich der Geldübergabe mitgeteilt. Sagen wir, in zwei Stunden. Nein, besser in drei. Sie soll ja noch Zeit genug haben, um ihre Bank oder ihre reichen Freunde anzurufen."

Es klingelte. Fischer zückte sein Telefon und schaute auf das Display. „Ui, das ging aber schnell. Okay, pass gut auf, dass sie jetzt keinen Laut von sich gibt, während ich mit ihrer Mutter spreche."

Während Fischer sich vorsichtshalber schnell ein paar Schritte von den beiden entfernte, damit er auch wirklich ungestört telefonieren konnte, hielt der andere Sascha erneut den Mund zu und zischte ihr zu: „Wenn du nur einen Mucks von dir gibst, drehe ich dir deinen Hals um. Das verspreche ich dir."

Das musste er ihr nicht versprechen. Sascha zweifelte nicht eine Sekunde daran. Stumm und bewegungslos verharrte sie in der eisenharten Umklammerung dieses widerlichen Mannes.

Paul hatte sich, so gut es ging, an die Waldlichtung herangepirscht. Glücklicherweise konnte er sich hinter dichtem Buschwerk verbergen, während er Schritt für Schritt vorwärtsschlich. Dann war er nahe genug. Er hatte es sich denken können, sonst wäre er dem schwarzen Audi ja nicht hinterhergefahren. Aber seine Vermutung mit eigenen Augen bestätigt zu bekommen, war für Paul doch extrem frustrierend. Dort bei Sascha und Herrn Fischer stand der Mann, den der Röbler als seinen Kollegen Markowski vorgestellt hatte. Nun war bei Paul auch der allerletzte Zweifel verflogen: Weder Röbler noch dieser dicke Typ waren Polizisten.

Jetzt hatte dieser Widerling sein Handy an Sascha weitergereicht. Sie durfte kurz telefonieren und weinte dabei. Paul drehte sich der Magen um, so sehr schmerzte ihn der Anblick. *Wenn ich doch nur so wäre wie Jackie Chan! Dann würde ich es diesen Kerlen ordentlich zeigen. So wütend, wie ich bin, würde ich sie bestimmt windelweich prügeln, noch bevor sie wüssten, wie ihnen geschieht …*

Nur einen kurzen Moment später klingelte das Handy von Fischer. Der Junge sah mit wachsendem Erschrecken, wie der Mann auf das Display schaute und dann plötzlich eilig in seine Richtung lief! Nur ein paar Schritte und ein dichtes Gebüsch trennten den Typen schließlich von Paul.

„Hallo, Frau Mai", hörte er ihn sagen. „Was?! O mein Gott, das ist ja furchtbar! – Doch, doch, ich habe auf sie aufgepasst. Aber … na ja, wie soll ich das erklären? Als ich Sascha aus dem Geräteschuppen heraus beobachtet habe, bin ich eingeschlossen worden. Ich dachte natürlich, dass das der Gärtner war, der mich logischerweise nicht gesehen hatte. Aber nein, dieser Kriminelle muss mich entdeckt haben. Frau Mai, ich kann Ihnen gar nicht sagen, was ich empfinde. Es tut mir so leid. Ich habe Ihren ungeteilten Zorn verdient. Das hätte mir nicht passieren dürfen."

Das ist ja wohl die Höhe! Dieser Mistkerl spielt Luisa gegenüber die Rolle des Sonderermittlers einfach weiter. Und dann heuchelt er auch noch diese unterwürfige Selbstanklage! Paul ballte seine Fäuste. Am liebsten hätte er laut losgeschrien. So etwas wie: Nehmen Sie sich in Acht, der ist nicht echt. Aber ihm war klar, dass so eine Aktion keinem wirklich helfen würde. Wenn doch nur die Polizei endlich käme …

„Das ist nett, dass Sie das sagen", redete Fischer weiter, „dabei habe ich Sie so schrecklich enttäuscht. Aber ich mache das wieder gut, das verspreche ich Ihnen. Ich hole Sascha da unversehrt wieder raus. – Was? Die haben sich schon gemeldet? – Drei Millionen? Können Sie das Geld irgendwie schnell beschaffen? – Ja, wir werden die Geldübergabe durchziehen, bis wir Sascha gesund wiederhaben. Dann erst schlagen wir zu und nehmen die Täter fest. Das ist für Ihre Tochter der sicherste Weg. – Nein, kümmern Sie sich um das Geld, ich kümmere mich um alles andere. Und bleiben Sie tapfer, es wird alles gut werden."

Als er das Gespräch beendet hatte, lachten die beiden Männer aus vollem Hals.

„Das läuft echt wie geschmiert", meinte der Dicke, während er sich die Hand, mit der er Saschas Mund zugehalten hatte, angeekelt am Hosenbein abwischte. „Los, jetzt sollten wie diese kleine Ratte zu ihren Artgenossen in den Keller schaffen."

„Nein!! Lasst mich gehen!", rief das Mädchen panisch aus und fing an, um sich zu schlagen und zu treten, so heftig, wie es der Klammergriff von dem finsteren Typen erlaubte.

„Hey, komm mal rüber. Du musst die Kellertür öffnen. Ich brauche ja beide Hände, um dieses Biest hier im Zaum zu halten. Pass mal auf, wenn du mich noch einmal trittst, dann breche ich dir beide Beine."

Sascha weinte bitterlich. Mittlerweile schien ihr das Schicksal, in den dunklen Keller gesperrt zu werden, beinahe weniger bedrohlich und furchtbar als dieser grässliche Typ, in dessen Gewalt sie sich gerade befand.

„Los, mach die Tür auf!“

„Ich komme ja schon“, rief Fischer.

Plötzlich klingelte es. Paul erstarrte. Sein Handy klingelte! Er hatte vergessen, es stummzuschalten. So schnell es ihm möglich war, drückte er das Gespräch weg und schaltete das Gerät vor lauter Panik, dass es noch mal klingeln könnte, gleich ganz aus.

„Was war das?“, rief der Dicke zu Fischer hinüber. „War das deins?“

„Nein, es kam von da drüben.“

„Scheiße. Verfluchte Scheiße, da ist jemand! Los sieh nach!“

Fischer drehte sich um und ging vorsichtig auf das Gebüsch zu. Pauls Herz raste. Was sollte er tun? Hastig hob er einen faustgroßen Stein auf, der vor seinen Füßen lag. Sein erster Gedanke war, diesen Stein dem falschen Sonderermittler einfach an den Kopf zu werfen. Einfach? Nein, trotz seiner Angst ging das nicht so einfach, dass er einen anderen Menschen verletzen konnte. Etwas in ihm wehrte sich dagegen. Aber dennoch musste er sich etwas einfallen lassen, und zwar schnell. Hektisch suchte Paul mit seinen Augen die Umgebung nach einem Fluchtweg ab, der einigermaßen verdeckt lag. Aber der Mann war schon zu nah an sein Versteck herangekommen. Egal, in welche Richtung er jetzt weglaufen würde – der Typ würde ihn sofort entdecken, sobald er sich bewegte.

„Hey Darek, ich glaube, ich sehe ihn. Und ich meine, es ist nur einer. – Hallo!? Kommen Sie heraus, wir wissen, dass Sie da sind!“

Nur mit großer Mühe konnte der Junge es sich verkneifen, vor lauter Anspannung aufzustöhnen. Nun war alles aus. Von der Polizei war auch noch nichts zu sehen oder zu hören. Wer wusste schon, ob sie überhaupt kamen?

Hilf mir, hilf uns, bitte!

Rechts, ein paar Meter neben Paul raschelte etwas. Beinahe hätte er es übersehen, so gut war es mit seinen hellen und dunklen Streifen im Wald getarnt. Es war ein kleiner Frischling, der unbekümmert den Waldboden erforschte. Kein Zweifel, wo dieses kleine Tier war, musste die Wildschweinmutter ganz in der Nähe sein. Innerlich entschuldigte sich der Junge schon mal vorab bei dem Schweinchen, dann zielte er mit seinem Stein auf dessen Hinterteil und warf.

Mit einem lauten Quieken sauste der Frischling unter dem Gebüsch hindurch, schoss an den beiden Männern und Sascha vorbei und schlüpfte voller Panik unter die gegenüberliegende Hecke neben dem Gutshaus. Es dauerte nicht länger als eine Sekunde, bis ein vielfaches wildes Grunzen erscholl. Vier ausgewachsene Wildschweine und mehrere Jungtiere folgten dem Kleinen und rannten mit einem Affenzahn über die Lichtung. Fischer taumelte erschrocken zur Seite. Völlig verwirrt folgte er mit seinem Blick den panischen Tieren.

Diese Gelegenheit nutzte Paul, indem er noch einen ähnlich großen Stein aufhob und mit voller Wucht in Richtung Gutshaus warf. Eigentlich hatte er die blinde Fensterscheibe treffen wollen. Stattdessen landete der Stein jedoch an dem letzten bisschen Zierstuck, der sich wohl nur noch zufällig dort oben gehalten hatte. Mit einem knirschenden Geräusch löste er sich gänzlich und schlug nur einen knappen Meter hinter dem Dicken dumpf auf dem Waldboden auf.

Paul hatte zischend die Luft durch die Zähne eingesogen, weil er einen Moment lang befürchtet hatte, dass Sascha von dem Stuckteil getroffen werden könnte. Doch die nutzte das Entsetzen ihres Entführers aus, um sich aus seiner Umklammerung zu befreien. Blitzschnell rannte sie los. Sofort hastete der Dicke mit einem wütenden Aufschrei hinter ihr her. Aber in Bezug auf Wendigkeit und Schnelligkeit war sie ihm haushoch überlegen. Wie ein Hase schlug sie flinke Haken, erreichte den Waldrand und lief im Zickzackkurs um die Bäume herum.

Als auch noch Fischer losrannte, damit wenigstens er Sascha einholen würde, sprintete der Junge aus seinem Versteck hervor. Das war die Gelegenheit! Keiner achtete mehr auf ihn. Paul griff in seine Hosentasche und zog den Autoschlüssel heraus. Ein Knopfdruck und die Blinklichter des silbernen Golfs leuchteten auf; die Tür des Wagens war entriegelt. Er hatte tatsächlich den Schlüssel für diesen Golf in dem Geräteschuppen gefunden! Doch jetzt war nicht die Zeit, sich über irgendetwas zu wundern. Sascha war noch immer in Gefahr – er musste versuchen, die beiden Männer von ihr wegzulocken. Dass sie entkommen konnte, war das Allerwichtigste.

Er hetzte zum Auto, riss die Tür auf und schwang sich auf den Fahrersitz. Zitternd steckte er den Zündschlüssel ins Schloss, drehte ihn einmal kurz und rammte dann mit voller Wucht beide Hände auf die Hupe des Wagens.

Wie vermutet, waren die Männer so verblüfft, dass sie augenblicklich stehen blieben. Doch ausgerechnet Fischer hatte die Prioritäten schnell wieder für sich geordnet und rannte erneut hinter dem Mädchen her. Sein Kumpel hingegen drehte um und lief nun in Pauls Richtung.

Eilig betätigte der Junge die Zentralverriegelung, um die Autotüren zu verschließen. Doch nützte das etwas? Sie hatten doch auch einen Schlüssel! Paul sah nur noch einen Ausweg. Auf die Polizei hoffte er nicht mehr, also drehte er den Autoschlüssel im Zündschloss bis zum Anschlag herum. Der Motor sprang an. Natürlich konnte er nicht Auto fahren. Aber seit er letztes Jahr offiziell vorne als Beifahrer mitfahren durfte, hatte er immer sehr aufmerksam alle Handgriffe beim Fahren beobachtet. Dieser Golf hatte ein Automatikgetriebe. Er wusste, dass er den Hebel auf „D“ stellen musste, damit der Wagen losfuhr. Und er hatte sich auch gemerkt, dass man dafür erst auf die Bremse treten musste. Paul rutschte auf dem Sitz weit nach vorne, damit er an das Pedal herankam.

Der Dicke hatte bereits die Lichtung wieder erreicht und steuerte direkt auf den Golf zu. „Komm sofort da raus, du mieses Stück Aas!“, brüllte er mit hochrotem Kopf und wutverzerrtem Gesicht. Dann hatte er den Türgriff erreicht und rüttelte mit ganzer Wucht an ihm. Paul zuckte so heftig zusammen, dass er, noch während er den Ganghebel nach hinten zog, von der Bremse abrutschte und auf dem Gaspedal landete. Der Wagen machte einen so gewaltigen Satz nach vorne, dass Paul keine Zeit mehr hatte, irgendwie zu reagieren. Laut krachend bohrte sich der Golf in die Fahrerseite des schwarzen Audis.

„Ich bringe dich um! Ich reiße dich in tausend kleine Stücke, du Wurm!“

Während der Dicke erneut auf den Wagen zurannte, versuchte Paul, wieder einigermaßen klar im Kopf zu werden und Luft zu bekommen. Der Aufprall war trotz der kurzen Strecke, die das Fahrzeug zurückgelegt hatte, so gewaltig, dass er heftig gegen das Lenkrad gedrückt wurde. Schon wieder war der laut schreiende Mann an der Fahrzeugtür und zog an dem Griff. Als er sah, dass sie verriegelt war, zückte er den Autoschlüssel.

Der Junge erstarrte vor Angst. Ihm war klar: Sobald die Tür offen war, würde er die folgenden Minuten nie wieder vergessen … falls er sie überleben sollte. Der Dicke richtete seinen Schlüssel auf den Golf, drückte den Funkknopf und – die Blinklichter des Audi leuchteten auf! Er hatte den falschen Schlüssel in der Hand. Wenn Paul gekonnt hätte, hätte er laut gelacht, aber ihm war nur noch schlecht. Wo mochte Sascha gerade sein?

Hilf ihr, bitte!

Der wütende Mann duckte sich, dann tauchte er wieder vor Pauls Fenster auf und schlug einen schweren Stein gegen die Seitenscheibe. Sofort zogen sich unendlich viele kleine Risse durch das Glas, doch es zerbrach nicht. Bei dem Kerl schienen vor lauter Zorn alle Sicherungen durchgebrannt zu sein. Wie ein Besessener ließ er den Brocken in seiner Hand ein zweites Mal auf die Scheibe niedersausen. Diesmal gab sie nach und viele kleine Glasscherben landeten auf dem Schoß des Jungen. Im selben Moment legte Paul geistesgegenwärtig den Rückwärtsgang ein. Erneut machte der Wagen einen Satz. Diesmal jedoch in die andere Richtung.

Was dann passierte, konnte nur ein oder zwei Sekunden gedauert haben. Dennoch hatte Paul sehr genau registriert, wie erst ein dumpfer Schlag zu hören war, dann sah er den Dicken vor sich regungslos auf dem Waldboden liegen, während der Wagen weiter nach hinten schoss. Schließlich krachte das Heck an einen Baum. Paul verlor die Besinnung.

Sascha rannte, so schnell sie konnte, durch das Unterholz. Immer wieder änderte sie die Richtung und versuchte, ihren Fluchtweg so zu wählen, dass Fischer sie möglichst aus den Augen verlor. Trotzdem blieb er hartnäckig an ihr dran. Irgendwo da vorne, vielleicht noch ein Stück weiter rechts, musste die Bundesstraße sein, auf der sie hergekommen waren. Wenn sie die erreicht hatte, konnte sie vielleicht irgendwie die Aufmerksamkeit der vorbeifahrenden Autofahrer erregen und so entkommen. Schwer atmend sprang sie über kleine Büsche. Zweige peitschten ihr unvermittelt ins Gesicht. Immer wieder drehte sie sich kurz um. Ihr Verfolger kam immer näher. Dann spürte sie wieder diese furchtbaren Seitenstiche. *Ich schaffe es nicht. Ich kann nicht mehr,* das war alles, woran sie denken konnte.

Immer deutlicher hörte sie die stampfenden Laufschritte und das laute Atmen des Mannes hinter sich. Als Fischer nur noch eine gute Armlänge von ihr entfernt war, entschied sie sich, einfach stehen zu bleiben. Doch genau in diesem Augenblick stolperte er über eine Wurzel und fiel hin. Sascha gab erneut alles. Die winzige Kraftreserve, die ihr noch blieb, holte sie aus sich heraus. Doch Fischer war schon wieder auf die Füße gekommen und rannte ihr nach.

Gib auf!

Dann knallte und schepperte es ganz in ihrer Nähe. Sascha kämpfte sich mit letzter Kraft durch ein dichtes Gebüsch – und stand plötzlich auf der Waldlichtung, von der aus sie losgerannt war.

Ich bin im Kreis gelaufen!

Saschas erster Impuls war, sich hinfallen zu lassen und nur noch zu weinen. Doch dann sah sie einige Meter vor sich Voss auf dem Boden liegen. Er blutete am Kopf. In der nächsten Sekunde erblickte sie die beiden verbeulten Autos. Was war hier passiert? Mit letzter Kraft rannte sie durch die offene Eingangstür in das marode Haus. Wenn es jetzt noch eine Möglichkeit gab, sich wenigstens für kurze Zeit vor Fischer zu verstecken, dann hier drin. Und wenn er hinter ihr herkam und sie keine Möglichkeit mehr hatte, aus diesem Gebäude zu fliehen, dann war das auch egal. Sie war am Ende ihrer Kräfte.

16

Einen Moment lang hörte Sascha nichts weiter als ihren schweren Atem. Sie wartete darauf, dass ihr Verfolger hinter ihr herkam. Doch erst einmal blieb alles still. Dann war von draußen Fischers Stimme zu hören. Er klang ganz aufgeregt.

„Darek! Mensch, Darek, mach keinen Scheiß. Komm zu dir."

Vorsichtig schloss Sascha die Eingangstür des Hauses und schlich sich an eins der Fenster heran, dem eine Butzenscheibe fehlte. So vorsichtig wie möglich spähte sie nach draußen. Fischer hatte die Verfolgung aufgegeben und sich neben den Dicken auf den Waldboden gekniet. Nun gab er seinem Kumpel immer wieder leichte Klapse auf die Wangen, um ihn zum Aufwachen zu bewegen.

„Mein Kopf", wimmerte der schließlich.

„Was ist mit deinem Kopf? Was ist passiert? Kannst du aufstehen?"

„Weiß nicht. Alles tut weh."

„Na wunderbar!" Fischer erhob sich, kickte zornig einen dicken Tannenzapfen fort und stieß einen heftigen Fluch aus. „Weißt du, wie du daliegst? Als wäre ein Trupp Elitekämpfer über dich hergefallen." Er schnaubte abfällig. „Wenn's mal so gewesen wäre!"

„Ich muss ins Krankenhaus."

„So, du musst ins Krankenhaus, na klar. Und die drei Millionen schießen wir in den Wind, ja?" Seine anfängliche Sorge, dass Voss ernstlich verletzt sein könnte, schien in Wut umgeschlagen zu sein. Verächtlich machte er eine abwinkende Handbewegung.

„Ich sterbe!", schrie der Dicke.

„Ja, ich habe verstanden, du Weichei! Lass uns nur noch vorher die Kinder schnappen."

„Vergiss die Kinder! Guck dir doch mal diesen Mist hier an! Mein Kopf blutet wie Sau, die Autos sind alles andere als perfekte Fluchtfahrzeuge, und weißt du etwa, wo die Kleine und ihr Kumpel hin sind? Meinst du im Ernst, wir können die Sache jetzt noch weiter durchziehen? Wie denn?"

„Es lief doch so gut."

„Ja, bis jetzt."

Fischer strich sich frustriert mit beiden Händen durch die Haare und starrte einen Moment vor sich hin. Dann atmete er tief durch. „Ich rufe Bernd an, dass er sich eine grandiose Ausrede für die Mutter und die Internatsfuzzis einfallen lassen soll. Wenn wir Glück haben, dann kaufen sie ihm das ab und wir sind aus dem Schneider."

Voss ächzte theatralisch.

„Ja doch! Erst bringe ich dich ins Krankenhaus und dann rufe ich ihn an. Mann, Mann, Mann! Okay, wir nehmen den Audi. Der ist zwar ganz schön verbeult, aber er müsste wenigstens noch fahren."

„Was ist mit dem Golf?"

„Melden wir als gestohlen. Komm."

Fischer beugte sich hinunter und versuchte, seinen Kumpel irgendwie hochzuziehen. Der stöhnte und jammerte bei jeder Bewegung, als würde er unsagbare Qualen erleiden.

Sascha, die das Ganze aus ein paar Metern Entfernung beobachtete, fühlte beinahe einen Anflug von Mitleid. Doch plötzlich stutzte sie. Was hatte Fischer gesagt? Die Kleine und ihr Kumpel? Welchen Kumpel meinte er? Etwa Paul? Erneut suchte sie mit ihrem Blick die Lichtung ab. Warum sollte Paul hier sein? Das war doch nicht möglich. Na ja, irgendwer musste dieses Chaos angerichtet haben, während sie von den beiden Männern verfolgt wurde. Und sie hatte auch eine Autohupe und einige Zeit später den

Knall gehört. Nicht zu vergessen, dass jemand diesen Fiesling niedergeschlagen haben musste. Aber Paul war das ganz sicher nicht gewesen. Wer war es dann? Und wo war dieser Jemand jetzt?

Langsam schleppte Fischer den Dicken hinüber zu dem schwarzen Audi und platzierte ihn so vorsichtig wie möglich auf dem Beifahrersitz. Voss schrie vor Schmerzen auf. Fischer nahm ihm den Autoschlüssel ab. Nach einigen anstrengenden Versuchen bekam er schließlich die verbeulte Fahrertür auf und ließ sich verärgert hinter das Steuer fallen. Sascha hörte, wie der Motor gestartet wurde und der Wagen in Schrittgeschwindigkeit von der Waldlichtung hinunter in Richtung Bundesstraße rollte.

Sie wusste nicht wieso, aber wahrscheinlich war es die gewaltige Angst, die von ihr abfiel. Plötzlich sank sie auf den Fußboden und weinte bitterlich. Dieser Albtraum schien tatsächlich vorbei zu sein. Einfach so – vorbei.

Ein krachendes Geräusch ertönte über ihr. Sascha erschrak so sehr, dass die Tränen augenblicklich versiegten. Es hatte sich so angehört, als wäre ein dicker, morscher Baumstamm in der Mitte durchgebrochen. Aber konnte das sein? Das Geräusch war doch nicht von draußen, sondern aus diesem Haus gekommen. Aufmerksam schaute das Mädchen sich um. Nun erst bemerkte sie, dass die Wände und die marode Zimmerdecke von unzähligen dicken Rissen durchzogen waren. Direkt über ihr klaffte ein medizinballgroßes Loch. Ein paar Klumpen Putz und Dreck lösten sich und rieselten herab. Noch ein Krachen ertönte, gefolgt von einem ächzenden und quietschenden Knarren. Sascha jagte eine Gänsehaut über den Rücken.

Bloß raus hier!

So schnell sie konnte, sprang sie auf. Nur um Haaresbreite verfehlte sie dadurch die Ladung Dachziegel, die plötzlich durch das Loch in der Decke herunterstürzte. Ein lautes Rumpeln ertönte, als ob eine gewaltige Lawine das Haus erfasst hätte. Sascha rannte entsetzt auf die Tür zu.

Das Haus stürzt ein!

Ein erneutes Poltern kam von oben, dann donnerte wieder ein Haufen Ziegel hinab, der das Loch in der Decke noch vergrößerte. Noch ein paar Schritte, dann war sie draußen. Schließlich hatte sie die Tür erreicht, zog kräftig an der eisernen Klinke – und hielt diese plötzlich in der Hand. Sascha packte das Entsetzen! Die Tür war noch immer geschlossen und es gab keine Möglichkeit mehr, sie zu öffnen, weil die völlig verrostete Klinke aus dem Beschlag herausgebrochen war. Teile der Zimmerdecke stürzten hinter ihr herab. Mit voller Wucht schleuderte sie das Stück Eisen in ihrer Hand durch eine Fensterscheibe, die in tausend Scherben zerbrach. Eilig stieg Sascha auf das Fensterbrett. Vorsichtig zwängte sie sich durch das Loch in der Scheibe. Das war gar nicht so einfach, denn im Rahmen hingen noch viele scharfe Glassplitter, an denen man sich schneiden konnte.

Dann war sie endlich draußen! Eilig entfernte sie sich von dem Gebäude. Gerade noch rechtzeitig, um zu sehen, wie das Dach mit einem furchtbaren Donnern einstürzte. Eine dicke Staubwolke quoll aus dem kaputten Fenster.

Saschas Herz klopfte heftig. Völlig verstört überquerte sie die Lichtung und lief zu dem Waldweg, der zur Bundesstraße führte. Dass sie irgendwo noch einmal Fischer oder Voss begegnen könnte, war zu absurd. Jetzt wollte sie nur noch zurück zum Internat.

Als sie in ein paar Metern Entfernung an dem Golf vorbeilief, bemerkte sie dessen kaputte Seitenscheibe. Einen kurzen Moment zögerte sie, dann siegte die Neugier und sie ging näher heran. Plötzlich bemerkte sie auf dem Beifahrersitz einen blonden Haarschopf. Sie schrie auf, als sie Paul erkannte. Er musste auf dem Fahrersitz gesessen haben und lag nun zur Seite gekippt da – ganz regungslos.

Schnell packte sie den Türgriff und zog mit aller Macht, doch die Tür blieb zu. Ein Blick auf die Türknöpfe erklärte alles. Schnell steckte Sascha ihren Kopf durch das Fenster. Da, an der Innenseite der Tür waren einige Schalter, die sie wahllos drückte. Ein leises „Klick“ ertönte, der Wagen war entriegelt. Hastig öffnete sie die Tür und beugte sich über den wie tot daliegenden Jungen.

„Paul, hörst du mich? Ich bin es, Sascha. Ich bin frei, sie sind weg. Bitte wach wieder auf. Bitte!“

Ein leises Stöhnen war zu vernehmen. Sascha fielen Millionen Felsbrocken vom Herzen. Dem Himmel sei Dank, auch wenn es beinahe so ausgesehen hatte, er war nicht tot! Aber er brauchte Hilfe.

Vorsichtig langte sie in Pauls Hosentasche. Tatsächlich, da war sein Handy. Als sie es jedoch näher betrachtete, entwich ihr spontan ein sehr unfeines Wort. Das Handy war aus! Wie sollte sie jetzt Hilfe holen?

„Paul, hörst du mich? Wie ist deine PIN-Nummer?"

Der Junge reagierte erneut mit einem kaum wahrnehmbaren Laut. So funktionierte es nicht. Gut, dann eben anders. Sie hatte drei PIN-Versuche. Wenn dann das Handy nicht betriebsbereit war, wovon sie ausging, dann musste sie eben zur Bundesstraße rennen und ein Auto anhalten.

Also, dann gebe ich jetzt irgendeine Nummer ein ... irgendeine ... warum nicht meine eigene PIN? 1-0-0-8.

Was dann passierte, ließ Sascha erneut aufschreien. Was war das??! Das Handy war an! Sie konnte telefonieren!

„Das ist nicht wahr. Das ist einfach nicht wahr", murmelte sie, während sie die 112 eintippte.

Die Rettungsstelle meldete sich sofort: „Notruf- und Feuerwehrzentrale Niederbayern. Wie kann ich Ihnen helfen?"

„Hier ist Sascha Mai. Ich ..." Sie stockte. Was war das? Mit einer Geschwindigkeit, die sicherlich nicht besonders gut für die Stoßdämpfer war, kamen zwei Polizeiwagen rasant den Waldweg heruntergebraust. Sie blieben nach einer Vollbremsung auf der Waldlichtung stehen.

Während das Mädchen mit offenem Mund auf die Männer in den Uniformen starrte, hörte sie die Stimme des Mannes am Telefon: „Hallo, sind Sie noch dran?"

Sie nickte lautlos.

„Hallo?"

„Äh, ja, ich bin noch dran", meinte sie schließlich. „Mein Freund ist ohnmächtig und braucht ganz dringend

Ihre Hilfe. Ich bin in einem Waldstück, wo genau weiß ich nicht, aber hier sind gerade zwei Polizeiautos angekommen."

„Dann reichen Sie am besten das Telefon mal weiter an die Kollegen, ja?"

„Ja, klar, Moment." Schnell lief sie auf den ersten Polizeibeamten zu, der bereits in ihrer Nähe war. Während dieser mit der Notrufzentrale telefonierte, eilte ein weiterer Polizist mit ihr zum Auto, um Paul Erste Hilfe zu leisten.

„Können Sie sehen, ob er etwas Schlimmes hat? Ist er stark verletzt?"

„Keine Ahnung", meinte der Mann, „aber schau mal, er schlägt schon wieder die Augen auf."

Sascha strahlte.

„Paul! Hey, du Held, wie geht es dir?"

Held? Hatte sie wirklich Held zu ihm gesagt? Und es klang tatsächlich so, als hätte sie es ernst gemeint.

„Fantastisch", antwortete er mit einem schiefen Lächeln.

17

Der Krankenhausflur war hell und freundlich. An den Wänden hingen wunderschöne Tierfotografien von Löwen, Pferden, Pinguinen, Orang Utans, Erdmännchen, Giraffen, Eisbären … und es roch nicht einmal nach Desinfektionsmitteln. Ein junger Arzt huschte über den Flur und grüßte flüchtig die beiden Personen, die die Station betraten. Verwundert sah er sich noch einmal um und rannte prompt gegen eine Glastür.

Sascha kicherte. So etwas hatte sie schon ein paarmal gesehen – und es war immer wieder lustig! „Man glaubt gar nicht, dass das hier ein Krankenhaus ist. Es wirkt beinahe so wie ein Hotel“, meinte sie.

„Stimmt. Im Vergleich zu dieser Klinik, wo wir mal Helen mit ihrem Blinddarm besucht haben, ist das hier richtig edel.“

„Wie geht es Helen?“

„Als ich in Wien abgefahren bin, habe ich ihr nicht gesagt, was der wirkliche Grund für meine überstürzte Abreise war. Und so ist sie noch immer dabei, ein unbeschwertes verlängertes Wochenende dort zu verbringen. Sie ist ganz begeistert von dieser wunderschönen Stadt.“

Sascha blickte auf ihren Zettel. „Zimmernummer 15. Das ist da vorne.“

„Dann geh am besten erst mal alleine rein. Ich warte hier und komme dann nach, wenn du mich rufst."

„Okay." Sascha nickte ihrer Mutter zu. Dann klopfte sie an die Tür und betrat sachte das Krankenzimmer.

In dem Zimmer standen zwei Betten, von denen jedoch nur eins belegt war. Der blonde Junge, der gerade einen Kopfhörer über seine Ohren gestülpt hatte, starrte gebannt auf einen Fernseher, der vor ihm an der Wand befestigt war. Er schien gar nichts um sich herum wahrzunehmen.

Leise näherte sich Sascha seinem Bett. Dann hielt sie ihm mit ausgestrecktem Arm eine Riesentafel Schokolade vor die Augen, sodass er den Fernseher nicht mehr sehen konnte.

„Sascha!", rief er freudig und nahm schnell die Kopfhörer ab. Dann nahm er mit glänzenden Augen die Schokolade entgegen und legte sie auf seinen Nachttisch. „Danke. Das ist ja eine tolle Überraschung!"

„Ich will dich nicht beim Fußball stören. Ist bestimmt spannend."

„Quatsch!" Mit einem Knopfdruck auf die Fernbedienung hatte er das Gerät ausgeschaltet. „Schön, dass du vorbeigekommen bist."

„Na hör mal, das klingt ja fast so, als ob ich die Letzte wäre, die dich besuchen kommen würde."

„Nein, das nicht. Aber ich dachte, wenn deine Mutter im Internat aufkreuzt, dann nimmt sie dich gleich wieder mit nach Berlin. Die Gefahr einer Entführung ist ja wohl hoffentlich vorbei."

„Ja, das hoffe ich auch. Trotzdem bin ich noch in Hohenach. Aber sag mal, wie geht es dir?" Sascha zog sich einen

Besucherstuhl ans Bett, setzte sich und sah Paul erwartungsvoll an.

„Ich habe ein bisschen Kopfschmerzen, ansonsten ist alles in Ordnung mit mir."

„Du hast eine Gehirnerschütterung, habe ich gehört."

„Genau. Aber in einer Woche bin ich hier wieder draußen, sagen die Ärzte." Er zögerte einen Moment. „Bist du dann immer noch da?"

„Ja, noch. Ich habe meiner Mutter gesagt, dass ich diesen einen Test-Monat auf Hohenach erst mal zu Ende machen will."

„Echt? Gefällt es dir doch dort?"

„Hm, weiß nicht." Sascha versuchte eine Formulierung zu finden, die möglichst nicht zu komisch klang. Ein bisschen peinlich war es jetzt doch, Paul den wahren Grund zu sagen. „Die Entscheidung hat nix direkt mit dem Internat zu tun."

„Sondern?"

„Na, ich kann doch nicht immer von Berlin aus anreisen, wenn ich … also, wenn ich dich mal besuchen will."

Der Junge grinste über das ganze Gesicht. „Cooler Grund. – Übrigens, soll ich dir mal eine Hammer-Neuigkeit erzählen?"

„Ja, sag schon."

„Meine Eltern kommen. Aus Japan. Direkt hierher. Als sie gehört haben, dass ich im Krankenhaus bin, haben sie gleich den nächsten Flieger gebucht. Und sie bleiben fast einen ganzen Monat. Ist das nicht toll?"

Natürlich freute sich das Mädchen für ihn, aber trotzdem spürte sie auch ganz tief in sich eine kleine Enttäuschung. „Dann brauchst du meine Besuche ja gar nicht, oder?“

„Hey, was redest du denn da für dummes Zeug?! Doch, ich brauche die! Außerdem musst du unbedingt meine Eltern mal kennenlernen und sie dich.“

„Ach nee, lieber nicht.“

„Keine Angst, die haben zwar mal im Urwald gelebt, aber die fressen keine kleinen Mädchen.“

„Scherzkeks.“

„Lieber ein Scherzkeks als ein Trauerkloß. Okay, blöder Spruch. Willst du sie wirklich nicht kennenlernen? Warum?“

Sascha saß da und kratzte sich hilflos am Kopf. So richtig wusste sie nicht, wie sie ihm das erklären sollte, was da gestern mit ihr passiert war.

Sie dachte an ihren ersten ernsthaften Versuch, Gott um etwas zu bitten: um seine Hilfe. Und sie war sich auch wirklich supersicher gewesen, dass er sie gehört hatte. Das Glücksgefühl, das sie in diesem Moment gehabt hatte, war unbeschreiblich schön und tröstend. Endlich schien es den Draht zwischen ihr und dem da oben zu geben, wie sie sich das insgeheim schon so lange gewünscht hatte. Aber wenn es so war, warum gab es dann diesen blöden Moment, als ihr Handy gesperrt war und sie wirklich dachte, alles wäre nun endgültig aus? Hätte Gott ihr nicht mehr Mut machen müssen? Sie hatte doch noch nicht so ein starkes Vertrauen, wie es bei den Profis im Glauben bestimmt normal war.

Dieses Gefühl, wie aus lauter Angst urplötzlich eine Art Sicherung bei ihr durchgebrannt war, es steckte noch tief in ihr drin. Es war wie ein drastischer Absturz aus großer Höhe gewesen. Sie hatte sich von Gott dermaßen im Stich gelassen gefühlt, dass sie total wütend auf ihn war. In dem Moment hatte sie es wirklich ernst gemeint, dass sie nichts mehr mit ihm zu tun haben wollte. – Und trotzdem hatte er sie gerettet! Sascha hätte vielleicht einfach froh und dankbar dafür sein sollen, aber das war sie nicht. Dafür schämte sie sich viel zu sehr. Sie war so rotzfrech zu Gott gewesen, wie sie es sich noch nicht einmal bei ihrer Mutter trauen würde. Aber anstatt sie zu bestrafen, hatte er ihr geholfen …

„Paul hat dich gerettet", hatte Luisa gesagt. Aber das war nicht die ganze Wahrheit. Wer hatte ihn denn den Weg zu dem verfallenen Gebäude finden lassen? Wie groß konnten Zufälle sein, dass er plötzlich wusste, wo sie war? Wie war er an den Autoschlüssel gekommen? Wer hatte dafür gesorgt, dass Paul ihren Namen für einen Jungennamen hielt und sie sich so erst kennenlernen konnten? – Den nächsten Gedanken traute sie sich kaum zu denken: Wer hatte es nicht verhindert, dass Paul überhaupt in diesem Internat gelandet war? Scheibenkleister! Nun fühlte sich Sascha gleich doppelt schuldig. War Paul vielleicht wirklich ihretwegen im Internat, um ihr eines Tages zur Seite stehen zu können? Ach nee … der Arme!

„Eine wie mich wollen die bestimmt nicht so gerne kennenlernen", antwortete Sascha schließlich.

„Wieso das denn?"

Sascha schaute betreten zu Boden. „Ich bin doch irgendwie daran schuld, dass du hier im Krankenhaus liegst."

„Falsch. Nicht du, sondern der silberne Golf", gab Paul mit einem spitzbübischen Lächeln zurück.

„Außerdem", das Mädchen atmete tief durch, „außerdem sind deine Eltern doch religiös. Und ich habe Angst, dass sie mit mir über Gott reden wollen."

„Hä? Was ist los? Du hast Angst, dass jemand mit dir über Gott reden will? Habe ich etwas Wichtiges verpasst?"

„Ach Paul, wahrscheinlich müsste ich dir jetzt so viel erzählen, damit du mich richtig verstehst, aber ich möchte das im Moment gar nicht. Es ist nur so, dass die Gespräche mit Frau Schuster alle so nett waren. Und sie hat mir auch echt viel Tolles über Gott erzählt; dass er mich lieb hat und so. Das klang alles so einfach und so richtig. Aber dann kam dieser Typ und hat mich gekidnappt. Und plötzlich habe ich festgestellt, dass das überhaupt nicht einfach ist, Gott zu glauben, dass er sich um mich kümmert. Stattdessen habe ich einfach nur irre viel Angst gehabt."

„Um ehrlich zu sein, für mich klingt das ganz normal."

„Aber ich habe ihm vor lauter Angst auch gesagt, dass ich ihn und seine unverständliche Art von Hilfe nicht brauche. Ich habe ihm die Freundschaft gekündigt. Und er? Anscheinend hat er die Kündigung nicht akzeptiert. Stattdessen hat er mir einfach doch geholfen – durch dich. Und dann bin ich auch noch rechtzeitig aus dem einstürzenden Haus rausgekommen. Das alles kriege ich nicht auf die Reihe. Verstehst du das wenigstens ein bisschen?"

„Ein bisschen??" Paul kräuselte fragend die Stirn. „Hm, hast du darüber schon mit Frau Schuster gesprochen?"

„Nee. Ich habe mir seit gestern große Mühe gegeben, ihr aus dem Weg zu gehen. Sie habe ich ja auch enttäuscht. Ich habe einfach nicht richtig kapiert, was sie mir über Vertrauen und Glauben erzählt hat."

„Verstehe. So ernst ist es.“ Paul drehte sich ein wenig mehr auf die Seite und versuchte, Sascha so gut wie möglich in die Augen zu schauen. „Du meinst wahrscheinlich, du bist durch die große Glaubens-Prüfung gefallen, nicht wahr?“

Das Mädchen wandte ihren Blick ab und zuckte nur mit den Schultern.

„Kann es sein, dass du denkst, Gott ist so eine Art taffer Oberlehrer, der seine Lieblinge hat? Und das sind natürlich die, die immer alles richtig machen und perfekt sind. Nennen wir sie: die Mariannes im Glauben.“

Sascha musste gegen ihren Willen kichern. Sie wusste, dass Paul das eben nicht fies gemeint hatte. Aber … es war irgendwie ein treffendes Bild.

„Sie sind die weißen Schafe. Und dann gibt es noch die, die Gott heftig enttäuscht haben und darum für alle Zeit bei ihm durchgefallen sind. Das sind dann die schwarzen Schafe. Und du denkst gerade, du bist ein schwarzes Schaf, stimmt's?“

„Stimmt.“

„Das ist drollig. Bis gestern habe ich genauso über Gott gedacht. Ich habe mich sogar als das allerallerschwärzeste Schaf gesehen, das es gibt. Aber dann hat Gott mir, und vor allem dir, in dieser gefährlichen Lage geholfen. Das hat mich total beschäftigt. Und weißt du, was mir heute Morgen einfiel?“

„Woher soll ich das wissen?“

„Ich dachte an Mose, den Kerl mit den Zehn Geboten. Der hat mal einen Menschen im Streit totgeschlagen. Und ich dachte an König David, der seinen Feldherren hat umbringen lassen, damit er dessen Frau heiraten kann. Oder an Petrus – "

„Hat der auch einen umgebracht?"

„Nein, aber er hatte einen Mordsbammel davor, zuzugeben, dass er Jesus kennt. Aber allen diesen und vielen anderen schrägen Typen, von denen man in der Bibel lesen kann, hat Gott noch mal 'ne Chance gegeben. Manchen sogar immer und immer wieder. Und da habe ich plötzlich kapiert, dass Gott eben kein gnadenloser Oberlehrer ist. Ich habe eher den Verdacht, dass er ein super Freund ist, den man gar nicht so einfach enttäuschen kann. Aber ich glaube, darüber muss ich noch mal ausführlicher mit Frau Schuster reden."

Sascha dachte einen kurzen Moment nach. *Ein Freund, den man gar nicht so einfach enttäuschen kann.* Das wäre echt genial! Mit einem angedeuteten Lächeln meinte sie: „Darf ich mitkommen, wenn du zu ihr gehst?"

„Wie wäre es, wenn du sie einfach morgen mit hierherbringst?"

Eigenartig, noch vor ein paar Minuten hätte ihr dieser Vorschlag sehr viel Unbehagen bereitet. Aber eine ganz leise Stimme in ihr schien zu flüstern: Paul hat recht. Und mit einem Mal fühlte sie sich anders: erleichterter, freier, wohler.

„Wer hätte das gedacht, dass du mir einmal Hoffnung machen würdest in Bezug auf Gott."

„Cool, was?"

Sascha lachte. „Du weißt ganz schön viel über Gott und Glauben, nicht?"

„Tja, ich habe fromme Eltern, vergiss das nicht."

Sascha schaute Paul an. Richtig, Pauls Vater war ja Pastor. Eigenartig, dass er trotzdem lieber mit Frau Schuster über seinen Glauben reden wollte als mit seinem Vater …

Hm, vielleicht sind Väter ja auch manchmal ganz schön schwierig. Ich habe immer gedacht, wenn ich doch nur einen richtigen Vater hätte, wäre ich automatisch glücklicher. Vielleicht sollte ich aufhören, voller Neid auf jedes Kind zu sehen, das einen Papa hat, und einfach öfter mal froh sein, dass ich eine Mama habe. Eine Mama, die übrigens noch wartet …

Sascha schaute verstohlen auf ihre Uhr. Na ja, sooo lange war sie noch gar nicht bei Paul im Zimmer. Ein paar Minuten konnte Luisa bestimmt noch weiter warten. Eine Frage musste sie unbedingt noch loswerden.

„Was ich dich noch fragen wollte …“, begann sie.

„Ja?“

„Die PIN-Nummer von deinem Handy … Ist die zufällig 1-0-0-8?“

„Nein, nicht zufällig. Das ist ein Geburtsdatum, das ich mir merken kann, weißt du?“

„Was?“ Sascha glaubte, sich verhört zu haben. „Du hast meinen Geburtstag, den 10. August, als deine PIN-Nummer gespeichert?“

„Wieso *deinen* Geburtstag? Das ist *mein* Geburtstag!“

„Der 10. August?“

„Ja, der 10. August.“

„1998?“

„1998.“

Sascha saß da wie vom Donner gerührt. „Paul, wir sind beide am gleichen Tag geboren!“

„Ich fasse es nicht!“

„Das war es also. Frau Schuster meinte doch, wir hätten etwas ganz Besonderes gemeinsam."

Für einen Moment schauten sich die beiden völlig perplex an. Dann meinte Paul: „Um wie viel Uhr? Um wie viel Uhr bist du geboren worden?"

„Um ein Uhr mittags. Wieso fragst du?"

„Yes! Haha, ich bin um zwölf Uhr mittags geboren worden. Eine Stunde früher. Ich bin der Ältere. Ich bin der Bestimmer!"

„Was heißt denn hier Bestimmer?", gab Sascha leicht mürrisch zurück. „Bestimmer bei was? Über wen? Püh, so weit kommt's noch." Mit verschränkten Armen drehte sie sich zur Seite und tat so, als wäre sie beleidigt. Doch dann schlich sich langsam ein sehr intelligenter Gedanke in ihre Gehirnzellen. Gemächlich wandte sie sich Paul wieder zu. „Also, der Ältere ist der Bestimmer, ja?"

Paul nickte.

„Okay, abgemacht. – Ach sag mal, möchtest du eigentlich meine Mutter mal kennenlernen?"

„Wieso, ist die denn hier?"

„Ja. Und sie ist sehr, sehr neugierig, wer der Typ ist, der ihre Tochter aus den Fängen von Kriminellen befreit hat. Da fällt mir ein, ich habe mich noch gar nicht richtig ordentlich bei dir bedankt dafür."

„Ach, ist schon gut."

„Wie kann ich das je wieder gutmachen?"

„Gar nicht", grinste Paul. „Und jetzt höre auf, dich noch weiter zu bedanken und hol mal deine Mutter rein. Du meine Güte, ich lerne Luisa Mai persönlich kennen! Weißt du was? Ich bin aufgeregt. – Äh, aber vorher habe ich auch noch eine kleine Frage: Sind denn deine Entführer inzwischen geschnappt worden?"

„Ja, sind sie. Ich war übrigens ganz schön verwirrt, als ich hörte, dass der Röbler sich auch noch als falscher Sonderermittler ausgegeben hat. Da war ja wirklich jeder von den Typen der Böse. Aber alle haben den Guten gespielt, nur damit niemand die wirkliche Polizei anruft, weil jeder dachte, die ist schon da. Na ja, auf jeden Fall sind Voss, Fischer und Röbler noch gestern Abend verhaftet worden."

Paul schaute Sascha verdutzt an. „Voss? Wer ist Voss?"

„Na, der dicke, eklige Typ."

„Der Dicke? Aber der hieß doch Markowski. Röbler hatte ihn als seinen Kollegen Markowski aus Berlin vorgestellt."

„Echt? Ich habe ihn als Polizeidirektor Voss kennengelernt."

„Und wie heißt der nun in echt?"

Sascha zuckte mit den Schultern. „Wahrscheinlich heißt keiner wirklich so, wie sie sich bei uns vorgestellt haben."

„Ist ja auch egal. Hauptsache, der Dicke ist nicht tot."

„Nein, ist er nicht. Du hast ihn nur beim Rückwärtsfahren mit dem Seitenspiegel umgerissen, und dann ist er unglücklich auf den Kopf gefallen."

„Okay, damit kommt mein Gewissen klar. Obwohl ich mir um eine Truppe brutaler Serien-Entführer eigentlich gar keinen Kopf machen müsste."

„Brutale Serien-Entführer? Wieso Serie? Der Polizist gestern Abend hatte irgendwas von raffinierten Anfängern erzählt."

„Dann gibt es also keine anderen armen Entführungsopfer, denen sie etwas Schlimmes angetan haben?"

„Nein, glaube nicht."

Paul winkte schlaff ab. „Ääh, dann hätte ich mir ja gar nicht so große Sorgen machen müssen."

„Was?? Paul!!"

„Schon gut", grinste dieser. „Weißt du, was ich schräg finde? Ich hänge schon seit drei Jahren in dem stinklangweiligen Internat rum und nichts passiert. Ach doch: Ich bin ja Materialschrankverwalter bei Herrn Ungrad geworden. Hui, war das spannend! Also, wie gesagt, drei Jahre ist hier Totentanz, und kaum kommst du, da brennt der Baum!"

Sascha lachte auf. „Darauf hätte ich gerne verzichtet. Aber weißt du, woran mich ‚da brennt der Baum' erinnert?"

„An die Testfragen für Röbler?"

Das Mädchen nickte. „Ich denke, ich werde nachher, noch vor dem Abendessen, bei Frau Schuster anklopfen und fragen, ob sie morgen Zeit für uns hat."

„Gute Idee! Holst du jetzt deine Mutter?"

„Ja, mache ich." Sascha stand auf und ging zur Tür. Kurz bevor sie die Klinke herunterdrückte, drehte sie sich noch einmal zu Paul um. „Apropos ‚Wer ist der Bestimmer?': Hast du nicht erzählt, du bist in Brasilien geboren? Überleg mal, was das heißt." Grinsend verschwand sie nach draußen.

Brasilien … hm … was sollte das schon heißen?

O nein! Er schlug sich – vorsichtig – an den Kopf. Also an die fünf Stunden Zeitverschiebung hätte er auch wirklich gleich denken können!